L'AVENTVRIER
BVSCON
HISTOIRE
FACECIEVSE.

Composée en Espagnol par Dom Francisco
de Queuedo Villegas, Caualier
Espagnol

Ensemble les Letres du Cheualier
de l'Espargne.

A ROVEN,
Chez IACQVES BESONGNE,
dans la Cour du Palais.

M. DC. LV.

LE
LIBRAIRE
Aux Lecteurs.

ESSIEVRS,

Puis que les agreables Visions de Monsieur de la Geneste, vous ont donné suiet d'admirer les gentillesses d'esprit du Caualier Quevedo; il n'est pas necessaire d'vser icy de belles paroles pour semondre vostre bien-veillance, & exciter vostre curiosité: C'est assez de vous aduertir que ceste piece vient de luy seulement vous diray-ie en passant, qu'elle a esté façonnée à la Françoise d'vne main qui l'a merueilleusement bien em-

ã 2

b. llie, comme il sera facilement reconnu de ceux qui sont capables de ruger de tels ouurages. Cela vous suffise, MESSIEVRS, Et Dieu vous garde d'vn long Prologue, car il est tousiours plus ennuyeux que bon, de quel lieu qu'il puisse venir.

L'AVENTVRIER
BVSCON.

HISTOIRE FACECIEVSE,
compofée par Dom FRANCISCO
DE QVEVEDO VILLEGAS
Caualier Efpagnol, de l'Ordre
de S. Iacques, Seigneur de la
ville d'Iuan Abad.

De l'extraction de Bufcon, & des qualitez de
fes pere & mere.

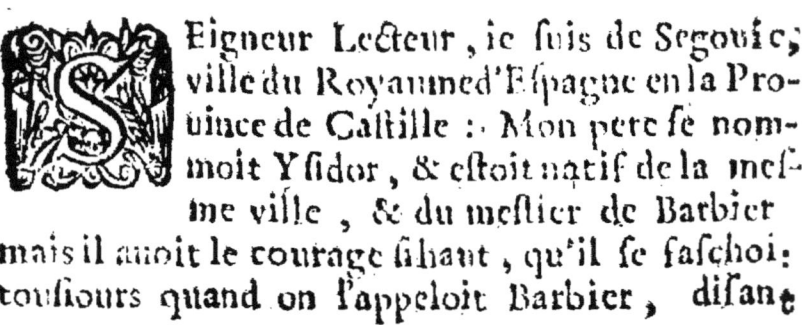

Eigneur Lecteur, ie fuis de Segouie,
ville du Royaume d'Efpagne en la Pro-
uince de Caftille : Mon pere fe nommoit Yfidor, & eftoit natif de la mefme ville, & du meftier de Barbier
mais il auoit le courage fihaut, qu'il fe fafchoi:
toufiours quand on l'appeloit Barbier, difant

quand on l'appeloit Barbier , difant qu'il eftoit
tondeur de ioües, & tailleur de barbes: Sa femme, qui comme ie croy eftoit ma mere , s'apelloit Roquille, On auoit opinion en noftre quartier , qu'elle fuft de race Iudaïque. Elle eftoit
d'affez bonne apparence , & paffablement belle,
& pour ce fujet la plus part des Verfificateurs &
des Poëtes d'Efpagne , firent plufieurs plaifan-
tes œuures fur elle. Au commencement de fon
mariage , & encore depuis , elle eut de grandes
fafcheries: car il y auoit de mauuaifes langues en
noftre voifinage , qui difoient qu'elle auoit ofté
l'I romain du nom de mon pere; pour y loger l'Y-
grec. Le pauure homme fut accufé , & mefme
conuaincu, que quand il faifoit le poil à quelqu'vn auec le razoir, & tandis qu'il defcraffoit
& debarboüilloit le groüin de fes patients, &
qu'il leur tenoit le nez en haut , vn mien petit
frere, d'enuiron fept ans, leur tiroit fort fubtile-
ment la moüelle des pochettes : mais ce pauure
petit ange là, mourut fous la penitence d'vne
difcipline , qui luy fut fanglée vn peu trop ver-
tement dans la prifon. Mon pere en fut grandement affligé , car il faifoit vn bon negoce auec
luy: il auoit efté auant fa mort (&non pas depuis
plufieurs fois prifonnier: mais à ce qu'on m'a dit,
il en fortit toufiours fort honorablement , & accompagné de toutes conditions de perfonnes: on
dit mefme , que les Dames fe mettoient aux fe-
neftres pour voir cette pompe là, Ie ne faispas
vanité de vous raconter cecy, car chacun fçait
bien que ce n'eft pas mon humeur.

Reuenant à ma mere; vn iour vne vieille qui

me seruoit de nourrice, me disoit pour la loüer,
qu'elle auoit tant d'attraits, qu'elle ensorceloit
tous ceux qui la frequentoient; sçauoit fort dextrement rentraire vne desloration dechirée : remettre le sein en son premier estat, deguiser la
vieillesse : aucuns l'apelloient renoueuse d'affections disloquées : & d'autres plus rustiques,
l'apeloient maquerelle tout naïfuement, & raf-
fie de dix, pour l'argent de tous ceux qui auoient
à faire à elle : mais elle n'en faisoit que rire, afin
de les mieux attraper quand le cas y escheoit. Ie
ne feray point de difficulté de vous dire la penitence qu'elle faisoit : elle auoit vne chambre où
il n'entroit qu'elle qui ressembloit à vn cimetiere,
car elle estoit toute pleine d'ossements de trespassez ; qu'elle gardoit à son dire, pour memoire de la mort, & pour mespriser la vie: Son
plancher estoit tout garny de figures de cire, de
vervaine, de fougere, & d'autres herbes de la
veille S. Iean, dont elle faisoit d'estranges com-
positions.

Il y eut vn iour vne grande dispute entre mon
pere & elle, pour resoudre auquel de leurs deux
mestiers ie me deuois plustost adonner mais
moy, qui eut tousiours dês mon enfance, des
sentimens genereux, & de Caualier, ie ne me
voulus iamais mesler ny de l'vn, ny de l'autre.
Mon fils, me disoit mon pere, le mestier de Larron est vn art liberal, & non pas mecanique :
les plus honnestes gens s'enmeslent auiourd'huy
& quiconque ne desrobe, ne sçait pas comme il
faut viure dans le monde : & vien ça pourquoy
pense tu que les Sergens & les Archers nous

persecutent tant, c'est parce qu'vn potier hayt vn
autre potier: pourquoy est-ce qu'ils nous ban-
nissent, qu'ils nous soüettent & nous perdent? (ie
ne puis quasidire cecy sans auoir les larmes aux
yeux, car le bon vieillard pleuroit comme vn enfant, se souuenant combien de fois on luy auoit
émouché les épaules) c'est parce qu'ils ne voudroient pas qu'il y eust d'autres larrons qu'eux
aux lieux où ils habitent: mais l'astuce nous deliure bien souuent de leurs mains. Durant ma
ieunesse, i'allois ordinairement par les Esglises,
& par les marchez & autres lieux d'assemblées
publiques: mais quoy que ie fusse pris, ie me sau-
uois toujours par le grand chemin de Niort,
car i'auois vn fort bon bagoulier: de sorte qu'a-
uec ces exercices manuels, i'ay nourry ta mere
& toy aussi le plus honorablement qu'il m'a esté
possible. Comment, mercy-Dieu, vous dites
que vous m'auez nourrie? luy repart ma mere
toute en colere, jan il s'en faut beaucoup, c'est
moy qui vous ay fourny de pain aux despens de
ma chair, & qui vouz ay maintefois tiré de prison par mon adresse : Et par vostre foy, quand
on vous donnoit la question, & que vous ne
confessiez rien, cela venoit-il de la force de vostre courage, ou des breuuages que ie vous faisois prendre qui me coûtoient mon bon argent?
Non, non, vous estes vn ingrat : que si ie ne
craignois qu'on m'ouyst de la ruë, ie vous ra-
mentevrois quand i'entray par la cheminée d'v-
ne chambre où vous estiez vne fois pris, comme
dans vne ratiere, & que ie vous fis sortir par vne
lucarne de grenier comme vn chat Elle en eust

dit dauantage (car elle estoit fort irritée) si dans
la violence de son action, elle n'eust defilé son
chappellet, fait des grosses dents de plusieurs
morts, à qui elle auoit abregé la vie, qu'il luy falut amasser : Et moy, pour ne donner de l'ennuie,
ny de la ialousie à l'vn, ny à l'autre, ie leur dis
que resolument ie voulois apprendre la vertu, &
suiure mes bonnes inclinations. Pour cét effet, ie
le priay de m'enuoyer à l'escole, pour commencer par l'escriture, Cette proposition leur sembla fort bonne, toutefois ils ne laisserent pas
d'en quereller encore entre eux deux. Ma mere
se mit à r'enfiler son chapellet d'arrachent de
dents, mon pere s'en alla razer vn quidan, ie
ne sçay si ce fut de sa barbe, ou de sa bourse : &
moy ie demeuray tout seul rendant graces à
mon destin de m'auoir fait naistre de deux personnes si illustres, si sçauants, & si soigneux de
ma bonne fortune.

L 5

Buſcon eſt mis à l'Ecole, & la plaiſante auenture qui luy arrtua eſtant Roy des Ecoliers.

Velques iours apres, on m'acheta le premier liure des Docteurs, qui eſt vn Alphabeth, que les enfans appellent la croix de par Dieu : & ayant fait marché à vn quart d'eſcu par mois, on m'enuoya à l'école. Mon Maiſtre me receut auec vn viſage fort gracieux, car il venoit de manger vn morceau de lard, il déjeunoit quand nous l'alaſmes trouuer, & dit à mon peré que i'auois la filomie (pour dire phyſionomie) d'eſtre quelque iour plus grand perſonnage que ie n'eſtois alors. Il n'y auoit pas huit iours que i'allois à l'école, quand la maiſtreſſe qui eſtoit vne ſtiquette, reconnut que i'auois quelque viuacité d'eſprit, & que ie pourrois eſtre fort propre à faire ſes meſſages : cela fut cauſe qu'elle me faiſoit plus de carreſſes qu'aux autres eſcoliers qui deuinrent enuieux de moy. Et pour vous montrer que i'ay touſiours eu du courage, dés cette heure-là ie ne m'accoſtois que de ceux qui eſtoient plus grands que moy : de ſorte que ie fis confidence auec le fils d'vn Caualier, de la

ville, apelle Don Alonio de Sorguiga. Nous dé-
jeunions & goustions ensemble ; les Festes ie
m'allois iouër chez luy, bref i'estois perpetuelle-
ment en sa compagnie: & les autres Ecoliers, soit
qu'ils sussent taschez que ie ne tinsse compte
d'eux, ou qu'ils voulussent reprimer ma presomp-
ption, ils donnoient tousiours quelque lardon
sur le mestier de mon pere: Les vns m'apelloint
Monsieur de la Raze, Monsieur de la Ventouze,
ze, Monsieur Diaculum: tel me reprochoit que
ma mere luy auoit débauché deux sœurs: tel disoit que mon pere auoit esté mené chez luy pour
en chasser les souris, pour donner à entendre
que c'estoit vn chat; & vne infinité d'autres paroles offensiues: bien que ie me taschasse de toutes ces iniures-là, ie n'en faisois pourtant pas
semblant, sinon vn iour, qu'vn de mes compagnons auec qui i'eus quelque dispute iouant,
m'apella fils de putain, & de sorciere ; & parce
qu'il profera ces paroles si clairement, que chacun l'entendit) que s'il l'eust dit plus sourdement
i'eulle peut estre feint de ne les pas entendre)
ie luy iettay vne pierre si rudement par la teste,
que le sang en sortit : Là dessus ie m'en
allay courant à ma mere luy conter l'affaire,
laquelle me respondit, tu as fort bien fait mon
enfant, tu monstre bien qui tu es tu n'as failly
qu'à ne luy auoir pas demandé qui luy auoit
dit. Moy voyant cela, comme i'ay tousiours
eu les pensées fort promptes & releuées: Ma
mere, luy dis-ie, il ne me fasche que de ce que
quelques vns qui se trouuerent-là, me dirent
qu'il n'y auoit pas dequoy m'offencer tant, car

ie ne leur demanday pas s'ils le diſoient à cauſe
de la ieuneſſe du garçon. Ie la priay donc de me
dire ſi ie luy pouuois donner vn démenty, ſi elle
m'auoit fait par extraordinaire, & ſi i'eſtois fils
de mon pere? Comment, me dit elle en ſou-
riant, es tu de ja ſi deſſalé? Vrayement tu n'es
pas ſi ſot que ie penſois, tu as fort bien fait de te
vanger, tu luy deuois rompre la teſte; car puiſ-
que ces choſes-là ſe font en cachette, c'eſt ſigne
qu'on ne veut pas qu'elles ſoient publiées. A ces
paroles, ie demeuray auſſi penaut qu'vn fondeur
de cloches qui a laiſſé couler ſon metal; ie me
reſolus de prendre tout ce que ie pourrois dans
la maiſon, & m'en aller courre le monde. Voyez combien l'honneur auoit dé-ja de puiſſance
ſur moy! Ie diſſimulay toutefois mon deſſein:
mon pere s'en alla chercher le garçon pour euiter le ſcandale, il le penſa gratis, & la paix
fut faite, puis il me remena à l'eſcole, où le Maiſtre me receut fort en colere: mais ayant appris
le ſujet de la querelle, & conſiderant que i'auoi
raiſon, il modera ſon couroux.

Durant ce temps-là, ie fis touſiours viſit de
cét Eſcolier que ie vous ay dit, auec qui i'auois
fait amitié, il s'appeloit Don Diego, & auoit vne
grande inclination à m'aymer: Ie changerois de
ſabots & de toupies auec luy quand les miennes
eſtoient meilleures. Ie luy donnois des friandiſes
que ie portois à l'école, & ne luy demandois iamais des ſiennes: ie luy aportois des images, en
fin ie me rendois fort complaiſant à tout ce qu'il
vouloit, de ſorte que ſes pere & mere, qui ne
connoiſſoient pas l'infamie des miens, voyant

que ma compagnie eftoit fi agreable à leur enfant, eftoient fort contents quand t'allois difner,
fouper & coucher auec Don Diego: d'ailleurs
i'eftois affez complaifant à tous ceux qui m'en-
uifageoient, la nature m'auoit donné vn vifage
& vne taille que chacun trouuoit paffablement
agreable. Or vn iour apres les Fefte de Noël,
que nous allions enfemble à l'école, & rencon-
trant dans la tuë vn homme qui s'apppeloit Pō-
ce d'Alguire, qui fe mefloit de Iudicature, & qui
auoit l'efprit vn peu difloqué, le petit Diego me
dit, appelons ceftuy-là, Ponce Pilate, & nous
enfuyons: moy, pour contenter mon amy, ie le
fis pluftoft qu'il ne l'eut dit: dequoy cét homme
fut fi outré de colere, qu'il fe mit à courir apres
moy, auec vn conteau à la main, pour me tuër,
de forte qu'il me falut doubler le pas, & me fauuer viftement chez noftre Maiftre d'école, où
l'offencé entra quant & quant, en criant & s'ef-
forçant de me frapper, mais le Maiftre l'en em-
pefcha en luy promettant de me bien chaftier, &
combien que la maiftreffe vint à mon fecours, &
s'employaft pour me faire pardonner, à caufe
des bons feruices que ie luy rendois, il me fit dé-
tacher fur le champ, & en me folicitant, il difoit
à chaque coup, direz vous vne autre fois Ponce
Pilate: & moy ie luy refpondois, helas! non Monfieur, tellement que pour luy auoir plufieurs
fois reyteré cette promeffe, & me fouuenant du
rude chaftimét qu'il m'auoit donné, il aduint que
le lendemain, lors qu'il nous fit dire le Creds auec
d'autres praifons comme il auoit accouftumé,
quand ce vint à proferer ces paroles, *qui a fouffert*

sous Ponce Pilate, ie me ressouuins de ma faute, & dis, *qui a souffert sous Ponce d'Aguire.* Voyez quelle innocence! Mon maistre admirant ma simplicité, ne se peut tenir de rire, & à l'instant me promit de me pardonner les deux premieres fautes que ie ferois, & encore qu'elles meritassent le foüet, que ie ne l'aurois pas, auec cela ie demeuray fort content.

C'estoit alors le temps des Roys, & le maistre voulant donner quelque recreation à ses escoliers, delibera de faire vne Royauté; on partagea le gasteau, & sans supercherie le Royaume de la féve m'aduint, aussitost i'en donnay advis à mes pere & mere, afin de me preparer des habillemens & des babioles. Le iour de la pompe estant arriué, on me monta sur vn Rocinant de Dom Quichote, vn vray cheval de sorcier, le plus maigre qu'on vid iamais, il auoit vne echine d'vn quart de lieuë de long, & qui estoit au reste le plus humble du monde: car il faisoit des reuerences, il estoit borgne, auoit vn col de chameau, & la croupe d'vn Singe, c'est à dire sans queuë: enfin c'estoit vn témoin muet, qui accusoit son gouuerneur de la vie austere & des jeûnes qu'il luy faisoit faire en luy desrobant la moitié de sa nourriture: i'estois donc monté sur cet excellent cheval, accompagné de tous les autres enfans mes compagnons d'école, parez des plus belles mirlifiches que leurs meres leur auoient pû donner. En ce bel atroy, nous passâmes par le marché, ie vous asseure que ie tremble encore de frayeur, quand ie m'en souuiens: & approchant des bancs des herbieres, he,

las, Dieu vous garantiſſe de leur fureur ! mon
cheual qui mourroit de male-mort de faim, ſe
ietta ſur vn panier de choux, & à belles machoi-
res le deuora en vn moment, & en farcit ſes
tripes, qui furent grandement reſiouyes d'vn ſi
friand repas, L'Herbiere à qui les choux appar-
tenoient, comme ce ſont des femmes autant ef-
frontées & impudentes que les harangeres, commence à crier apres moy à gueule ouuerte, où
les autres accoururent auſſitoſt, auec vne infinité de gueuſailles, de porteurs de hottes, qui
prenant des poignées de naueaux & d'oignons
qui eſtoient là dans des tonneaux, ſe mirent à
les nuer ſur le pauure Roy qui n'en pouuoit
mais : Mais voyant que c'eſtoit vn combat naual, ie voulus deſcendre, mais à l'inſtant vn de
ces coquins là, donna vn ſi grand coup de ba-
ſton ſur le nez de mon cheual, que le faiſant ca-
brer & n'eſtant pas fort d'eſchine ſe laiſſa tomber, & moy quant & quant, non pas par terre,
mais parlant par reuerence, dans vn priué effon-
dré qui ſe rencontra là par malheur. Vous pouuez vous imaginer de quelle façon ie fus accou-
tré Sur ces entrefaites, mes compagnons qui s'e-
ſtoient munis de pierres pour deſfendre leur
Roy, caſſerent la ceruelle à deux de ces vendeu-
ſes d'herbes, la iuſtice y vint, qui prit les herbieres & les écoliers qu'elle puſt attraper, &
ſe ſaiſit des armes qu'ils leur trouuerent, car dé-
ja aucuns de mes ſubiets ſe vouloient ſeruir
pour offenſiues, de celles qu'ils ne portoient que
pour parade, comme poignards, épées & iauelots
Et comme les Sergens vinrent à moy, combien

que ie n'euſſe point d'armes, parce qu'on me les
auoit oſtées: & les auoit on miſe en vne coure
auec mon chapeau & mon manteau Royal pour les
faire ſecher: ils ne laiſſerent pas de me les demã-
der, à quoy ie répondi, tout breneux que ie n'en
auois point qui peuſſent offencer la vie mais ſeulement l'odorat. Neantmoins, comme eſtant la
perſonne principale de la tragedie, l'archer me
voulut mener priſonnier, mais il fut contraint de
me laiſſer là, parce qu'il ne ſçauoit par ou me
prendre, tant i'eſtois plein d'ordure. Les vns s'en
alloient d'vn coſté, les autres d'vn autre, & moy
ie m'en retournay chez nous, en donnant par le
nez de tous ceux que ie rencontrois par le chemin. Arriuant en noſtre maiſon, ie racontay ma
diſgrace à mon pere & à ma mere: mais au lieu
d'en rire, ils ſe mirent ſi fort en colere, de me voir
ſi ſale & ſi puant, qu'ils me penſerent bien étriller.
Ie m'excuſois le mieux qu'il m'eſtoit poſſible, &
en reiettois la faute ſur le cheual qu'ils m'auoiét
baillé: & voyant que toutes mes raiſons n'eſtoiét
pas receuës, ie m'en allay trouuer Don Diego qui
s'en eſtoit retourné auec vn coup de pierre à la
teſte, qu'il auoit remporté de la bataille, qui fit
reſoudre ſes pere & mere de ne le plus enuoyer à
l'école.

On me vint aporter là dedans nouuelles de
mon Roucinant, & me dit-on, que s'eſtant veu
en vne telle extremité, & voulant faire de neceſſité vertu, il auoit tant fait d'efforts pour ſe retirer de ce vilain bourbier, qu'il auoit rompu
ſangles, poitrail & croupiere, & eſtoit demeuré tout nud, ſur le point de rendre le dernier

soûpir dans cette mine d'or. Voyant donc que le
lieu estoit tourné en merde, que tout le marché
estoit en rumeur, mes pere & mere courroucez de
ce qu'il leur falloit payer le chenal, & mon amy
blessé, ie fis vœu de ne plus aller à l'escole, ny chez
mon pere, & de me tenir auprés de Don Diego
pour le seruir, ou pour mieux dire, pour luy faire compagnie au grand contentement de ses pere
& mere, car ils connoissoient la grande amitié
que leur fils me portoit. En l'execution de ce
projet, ie manday chez nous que ie n'auois plus
besoin d'aller à l'escole, car encore que ie ne
sceusse pas bien escrire, i'en sçauois pourtant assez, pour la professiõ de Caualier, que ie me proposois d'imiter, où c'est vertu que de mal escrire,
aussi bien que de mal payer ; & partant, que ie
renonçois à l'escole pour leur espargner la despẽ-
ce ; & à leur maison de peur de les faschet. Ie
leur donnay aduis du lieu où i'estois, les asseu-
rant que ie ne les verrois iamais qu'il ne m'en
donnassent la permission.

Buscon se, fait valet d'Ecolier: & raconte
la penitence qu'on leur faisoit faire où ils
estoient en pension son Maistre & luy; &
où l'auarice d'vn hoste est plaisamment de-
crite.

V bout de quelque temps Dom
Alonzo resolut de mettre son fils
chez vn Maistre és Arts en pension, & moy auec luy, afin de le
retirer des mignardises paternel-
les qui rendent les enfans niais & sans raisonne-
ment. On luy enseigna vn certain personnage, qui
faisoit mestier de tenir & instruire des enfans
de bonne maison, qui s'appelloit Ragot. Ce
fut là que Dom Diego fut enuoyé, & moy quant
& quand pour l'accompagner & le seruir. Le premier Dimanche d'apres Pasques, nous entrasme-
mes sous l'empire de viue Famine ; En effet, la
misere & la vilainie de cet homme là ne pouuoit estre mieux nommée. Voicy à peu pres sa
forme : il estoit large par les espaules, sa teste estoit en pain de sucre, ses cheueux roux :
auec ce poil là, il n'y a plus rien à dire à ceux
qui sçauent le prouerbe, qu'il ne faut prendre
ny chien ny chat de telle couleur : il auoit les
yeux si fort enfoncez dans la teste, & si tene-

breux, que leur domicile euſt eſté fort propre
à faire des boutiques de fripiers où l'on ne voit
goute, pour mieux tromper le monde ; le nez
écaché comme ſi on luy euſt donné vn coup de
marteau deſſous : ſa barbe pâliſſoit, non pas tant
de vieilleſſe, que de peur qu'elle auoit d'eſtre ſi
voiſine de ſa bouche famelique, qui la menaçoit
à tout moment de l'engloutir, il n'auoit pas ſix
dents en bouche, ſon gozier eſtoit long comme
celuy d'vne autruche, les bras ſecs, les mains
d'vn ſquelete: quand il ſe remuoit tant ſoit peu,
tous ſes os ſonnoient comme des cliquettes de
ladre ; il ne coupoit iamais ſa barbe afin de ne
rien perdre, & diſoit qu'il auoit vn tel dégouſt
de voir les mains d'vn barbier ſur ſon viſage, que
il ſe lairroit pluſtoſt oſter la vie, que de permettre
qu'elles y touchaſſent : il portoit vn bonnet tout
percé de dents de rats, à cauſe de la graiſſe donc
il eſtoit garny: ce bonnet eſtoit d'vne eſtoſſe qui
fut autrefois drap : vne ſoutanne qui autrefois
au dire de quelques-vns, eſtoit miraculeuſe, car
on ne pouuoit iuger de quelle couleur elle eſtoit
les vns la voyant ſans aucun poil diſoient qu'elle eſtoit de cuir de grenoüille : autres diſoient
que c'eſtoit vne illuſion : de loin , elle paroiſ-
ſoit noire, & de pres violette: il ne portoit ni
ceinture, colet, ni manchettes: en fin ainſi fait, &
ainſi habillé on l'e ſt pris pour vn valet de pied
de la mort; il n'y auoit ni rat, ni ſouris chez luy
il les ſçauoit conjurer, de peur qu'ils ne rongeaſ-
ſent les quignons de pain qu'il gardoit dans ſes
poches du ſoir au lendemain : ſon lict eſtoit à
terre, & dormoit touſiours ſur vn coſté pour

moins vſer ſes draps: ſomme c'eſtoit vn Archi-
vilain & vn Prote miſerable.

Nous voilà donc ſous le gouuernement & la
conduite de ce galant homme là: D'abord que
nous fuſmes chez luy, il nous donna chambre, &
nous fit vn diſcours fort laconique de peur de
perdre le temps, car il eſtoit menager de tout.
Il nous dit ce que nous aurions à faire tous les
iours, & cela dura iuſques a l'heure de ſouper. Il
gardoit vn ordre chez luy, que quand les maiſtres mangeoient, nous autres ſeruiteurs les ſer-
uions à table, laquelle eſtoit fort petite, auſſi
n'y auoit il que cinq perſonnes, qui eſtoient
des ieunes enfans de nobleſſe des champs ſes
penſionnaires. La premiere choſe à quoy ie
pris garde, ce fut qu'il n'y auoit point là de
chats, & deſirant ſçauoir pourquoy: ie m'adreſ-
ſay à vn vieux ſeruiteur de la maiſon, qui n'a-
uoit que la peau & les os, qui me reſpondit à
demy pleurant, & de qui auez-vous apris que
les chats fuſſent amis du ieuſne & de l'auſterité
dont on vit ceans? on void bien à vos giſtes que
vous eſtes nouueau venu. Ceſte repartie là me
mit vne cruelle affliction dans l'ame. Noſtre bon
docteur de Maiſtre ſe mit à table, & ayant dit
le *Benedicite*, ils firent vn diſner eternel, quoy
que fort ſuccinct, car il ny auoit ny commencement ny fin: on aporta des potages dans des
petites eſcuelles de bois, qui eſtoit ſi clair que
ſi Narciſſe euſt eſté là, il euſt couru: autant de
danger de s'y noyer comme à la fontaine. Ie remarquay auec quelle peine les maigres doigts
des penſionnaires iouoient de l'epinette pour

attraper vne lentille qui se vouloit sauuer, tantost à la nage, & tantost en faisant le plong con.
A chaque gorgee de cette eau chaude que le Docteur aualoit, ie ne sçache rien, disoit-il, qui soit comparable à la marmite : qu'on die tout ce qu'on voudra, tout le reste n'est qu'excez & que gloutonnie, voilà comment la santé se conserue, & comment l'esprit se maintient éueillé & se fait bon. Le malin esprit t'emporte, disois ie entre mes dents, quand voicy venir vn seruiteur, qui estoit plustost esprit que corps, tant il estoit extenué, qui aportoit vn plat de chair, qui sembloit auoir esté leuée de dessus luy, & vn naueau par dessus, dressé tout de bout comme vn bilboquet: Commèt, dit alors le Maistre, il y a des naueaux, à mon goust, ie trouue qu'il n'y a point de perdrix qui les vaille, mangez, mangez, mes enfans, ie suis bien aize quand ie vous voy faire bonne chere. Disant cela, il leur partagea cette chair en si petits lopins, que ie croy qu'il leur en demeura autant entre les dents & dans les ongles, comme dans le ventre : Ragot les regardoit, leur disant, courage mangez vous estes ieunes, ie prés plaisir a voir vostre appetit. Ie vous prie considerez vn peu la bonne cageolerie à des gens qui baailloient de famine.

Ils acheuerent de manger, & ne resta sur la table qu'vn peu de miettes, & quelques peaux, & des os dedans les plats, ce que voyant le maistre, voilà, dit-il, pour nos seruiteurs, il faut qu'ils disnent aussi bien que les maistres. Ayant dit graces, sortons, dit-il, faisons leur place : vous autres allez vous esgayer, & faire

M

exercice iuſques à deux heures , de peur que la
refection que vous auez priſe ne ſe corrompe
dans voſtre eſtomac. Que la male-mort t'eſtou-
fe, dis ie en moy-meſme : & lors me mettant à
me mocquer & à rire de deſpit, le Docteur me
regarde en grand colere, & en me tançant , me
dit que i'appriſſe la modeſtie, adiouſtant trois ou
quatre vieilles ſentences ſur le ſujet. Ie ne laiſſay
pas de me ſeoir à table auec les autres, & comme i'eſtois le plus aagé & le plus fort, ie me mis
à eſcrimer de l'eſpee a deux mains , auec tant de
dexterité , qu'en trois ou quatre bouchees, i'a-
ualay plus de la moitié de ce qui eſtoit reſté de la
table de nos maiſtres. Mes compagnons voyans
cette diligence-là, ſe mirent à grömeler, dequoy
le maiſtre s'aperceut , & s'approchant, nous dit ,
viuez & mangez paiſiblement , puis que Dieu
vous a donné ſuffiſamment dequoy le faire , ie
vous proteſte qu'il y auoit entre nous vn certain
ſeruiteur Baſque, qui auoit tellement oublié l'e-
xercice de menger, qu'il potta trois ou quatre
fois à ſa bouche, vn morceau de crouſte qui luy
eſtoit eſcheué en partage, ſans pouuoir adreſſer
au trou. Ie demanday à boire , ce que ne firent
pas les autres, parce qu'ils eſtoient encore à ieun,
on me donna vne taſſe pleine d'eau (pour le regard du vin il nous traitoit à la Turque) & comme ie l'approchois de ma bouche, cét eſprit viſi-
ble que i'ay dit, me l'oſta incontinent des mains.
Ie me leuay de table tout affligé , & toutefois
auec vne grande enuie de me vuider , combien que ie ne me fuſſe pas remply : ie demanday à vn ancien de la maiſon , où eſtoient

les lieux secrets , & il me respondit qu'il n'en
sçauoit rien : il n'y en à point céans , me dit
il : mais pour vne fois peut estre, que vous en auez
besoin tandis que vous y serez vous vous pourrez accommoder où bon vous semblera : Depuis
deux mois que i'y suis , ie n'ay fait qu'vne fois
cette affaire là , encore estoit-ce de ce que
i'auois apporté dans le ventre du logis de mon
pere, comme il vous peut estre arriué au iour-
d'huy.

Ie ne vous sçaurois representer l'ennuy qui me
saisit le cœur, quand il me dit ces tristes paroles.
en effet , voyāt que si peu de chose deuoit entrer
dans mon corps , ie n'osay pas en rien faire sortir
combien que i'en eusse grād enuie. Comme i'e-
stois en cette peine D. Diego me vient demander
de quelle eloquence il se pourroit seruir , pour
persuader à ses tripes qu'elles estoient fort bien
rassasiees, parce qu'elles ne le vouloient pas croire. On se plaignoit en cette maison de coliques
venteuses , comme on le fait en quelques vnes
des cruditez , & de trop de repletion. L'heure
du souper arriuee , car pour celle du gouster on
n'en faisoit point de mention, nous soufpasmes
fort legerement quasi comme des cameleons ,
on nous donna vn peu de chair de vieille chevre
rostie : il n'y a rien d'excelent pour la santé disoit-
il cōme de n'auoir pas l'estomac plein. il dōnoit
mille loüages à la diette, & citoit en mesme tēps
des aphorismes des Medecins d'enfer, disant que
elle empeschoit de faire de mauuais sōges : Il est
vray qu'on ne songeoit , iamais chez luy, sinon
que l'on māgeoit, tant ceste passion-là possedoit

M 2

nos esprits. En fin , chacun soupa sans souper, &
puis on s'alla coucher. De toute la nuit, Don
Diego , ny moy, ne peusmes fermer l'œil: nous
n'auions point de douces vapeurs d'alliment qui
nous causassent de sommeil, si bien qu'il ne fit
toute la nuict que mediter vne lettre de complainte à son pere , & vne humble priere de le
retirer de cette famine , & moy i'y adjoutois
quelque periode de mon stile. Monsieur , luy
desois ie, me pouriez-vous bien dire si nous sô-
mes viuans ou non, car ie tiens que nous fusmes
tués à la bataille des herbieres , & que nous ne
sommes plus que des ames dans le Purgatoire.
Raillerie à part, escriuez des aujour d'huy a vostre pere pour nous en deliurer. Parmy ces discours le iour vient, six heures sonerent, & le maistre nous appelle pour aller à la leçon: ie fus tout
estonné en m'habillant que mon pourpoinct
m'estoit plus grand vne autrefois que le iour
precedent, la ceinture de mes chaussles , & mes
bas beaucoup plus larges que de coustume : ie
m'allay figurer qu'on m'auoit changé mes hou-
billes , mais vn des valets m'aduertit , que c'e-
stoient des transformations qui arriuoient là
ordinairement: qu'il y auoit veu amener de gros
courtaux , qui deuenoient incontinent cheuaux
legers qui pouuoient voler par l'air : comme
aussi , des mastins fort gras & pesans , qui e-
stoient promptement conuertis en leuriers , &
qu'vn iour il trouua plusieurs hommes, qui mettoient, les vns les pieds, les autres les mains, les
autres tout le corps entier , à l'entree de la
porte de ceste maison , & que leur ayant de-

mandé à quoy cela estoit bien , c'est , respondi-
rent-ils, que les vns de nous ont la galle, les autres des chancres , & les autres des escroüelles ,
& qu'en leur faisant seulement passer le seüil de
la porte , tout cela mouroit de faim & ne mangeoit plus.

Or en attendant le remede que Don Diego &
moy esperions receuoir de son pere , voyans que
nous n'en trouuions point pour rembourrer le
moule de nostre pourpoint , nous en inuentas-
mes vn , pour ne nous point leuer si matin, ce
fut de feindre que nous estions malades , mais
nous ne disines pas que nous eussions la fiévre ,
car à nous taster le poulx on eust découuert nostre fourbe:de dire aussi que nous eussions mal
aux dents, où à la teste, on n'en eult fait que rire
nous resolûmes donc de nous plaindre du mal
de ventre , pour n'auoir esté à la garderobe depuis trois iours , croyant qu'il n'eust pas voulu
employer vn liart à nous medicamenter: mais le
diable en ordonna autrement , Ragot auoit vne
recepte qu'il auoit heritee de son pere, iadis A-
poticaire , & ayant sceu nostre indisposition , il
composa vn certain clistere puis faisant venir en
sa maison vne vielle de 70. ans seruir d'infir-
miere, lui mit vne seringue entre les mains pour
nous en donner chacun vne dégaignée : ceste
vieille, comme ciuile& vespectueuse,commença
par D. Diego : mais parce que les mains luy tré-
bloient , à cause de sa caducité, & que le patient
ne se pût tenir de remuër, quand il se sentit cha-
touiller , elle luy vuida toute sa seringue, du lôg
de l'espine du ,dos iusques à la teste : le pauure

Diego se mit à crier, cõme si on l'euſt tué. Noſtre
maiſtre accourut à ce ſcandale, à qui la vieille dit
qu'elle auoit bien mis le canõ oùil faloit; le malade le nioit: mais, ſans vouloir deçider leur di-
ferent, il ordonna à la vieille de me donner vn
autre cliſtere, & puis qu'on reuiendroit à Diego,
moy qui faiſois experience du dommagé d'autruy, ie commençois à me veſtir, & à dire que ie
me portois bien : mais cela ne me ſeruoit de rien
contre la force de Ragot, & de deux valets qui
me tenoient cependant que la vieille adjuſtoit ſa
fluſte : mais elle n'euſt pluſtoſt fait ſon coup,
que ie luy rendis tout au nez, dequoy noſtre maiſtre ſe mit fort en colere, diſant qu'il me ſmet-
troit hors du logis, & qu'il voyoit bien qu'il
y auoit de la malice en mon fait, mais la fortune
ne voulut pas que tãt de biens m'arriuaſt. Nous
nous plaigniſmes de nouueau à Dõ Alonſo, mais
Ragot luy faiſoit croire que nous n'vſiõs de toutes ces ſubtilitez là, que pour ne rien apprendre,
de ſorte qu'il fut crû, & nous déboutez de nos de-
fenſes. Nous voila donc condamnez à demeurer
encore pour quelques iours en ceſte miſere, &
auec ceſte vieille, qui nous fit mille maux. Elle
eſtoit ſi ſourde, qu'elle n'entendoil rien, il ne
luy falloit parler que par ſignes: de plus elle ne
voyoit quaſi gouté, elle alloit touſiours mar-
mottant & patinant ſes Patenoſtres: ſi bien,
que faiſant vn iour cét exercice là, aupres
du feu, ſon chapelet ſe défila dans la marmite, ſans qu'elle s'en apperceuſt, & l'heure de diſner eſtant venuë, elle nous dreſſa

le plus deuot chaudeau , que iamais bigote
auala : ces grains de chapelet nous furent
seruis en guize de pois : l'vn des pensionnaires
disoit , voilà des pois qui portent le deuil,
quel parent auoient-ils qui leur soit mort! Non,
non , disoit l'autre , sans doute ce sont
des pois qui viennent d'Ethiopie. Au surplus,
elle prenoit tantost la pelle du feu , pour la
eueiller du pot , ie trouuay mille fois des clauportes dans mon potage , des buchettes, des
charbons , & de l'estoupe , qu'elle filoit sous la
cheminée. Nous endurasmes toutes ces peines-
là iusques au Caresme , à l'entrée duquel , vn de
nos compagnons pensionnaires tomba fort malade : nostre maistre qui craignoit la despense,
differa d'appeller le Medecin, iusques à ce que
le malade demanda le Prestre , & lors il fit venir vn Praticien de la faculté , qui ayant ma-
nié le poulx du malade. La faim, dit. il, m'a osté
le suiet d'estre accusé de sa mort , c'en est fait.
En mesme temps il fut confessé : & quand on luy
apporta le saint Sacrement, le pauure malade,
qui n'auoit pas quasi eu la force de parler en sa
Confession, s'écria à haute voix : O mon Seigneur Iesus - Christ, il estoit necessaire que ie
vous visse entrer dans cette maison , afin que
ie ne crusse pas que ie fusse en enfer. A ce dernier mot , il rendit l'esprit : nous l'enterrasmes
fort pauurement, parce qu'il estoit estranger,
& demeurasmes tous bien estonnez de cet accident.

Don Alonso en eut les nouuelles : & parce

qu'il n'auoit point d'autre enfant que Don Diego, il crut à la fin les cruautez de Ragot, & commença d'ajoufter foy aux plaintes de deux ombres : car nous eftions defia reduits en ce mifera-
ble eftat. En fin, il nous vint retirer de ce Royaume de famine, où nous eftions deuenus fi maigres, qu'encore que nous fuffions deuant luy , il
crioit qu'on nous fift venir, tant nous eftions mef-
connoiffables. Il ne s'en falut rien qu'il n'affom-
maft cét inftituteur de vigiles perpetuelles : mais
de peur de fe mettre en peine, il fe refolut à la
patience , & envoya querir vn caroffe pour
nous emmener, car nous eftions fi extenuez & fi
foibles , que nous ne pouuions plus cheminer:
Nous primes congé de nos compagnons , qui
nous fuiuoyent auec les defirs & auec les yeux
faifant les mefmes regrets que ceux qui demeu-
rent en Alger , quand ils voyent rachetter leurs
compagnons.

Buscon & son Maistre, rachettez des
mains de la famine, sont enuoyez pour
estudier à Alcala. La rencontre
facecieuse qu'ils firent au
premier giste.

NOVS voilà donc arriuez dans la maison de Don Alonso, l'on nous mit
aussi tost chacun dans vn lit, mais le
plus doucement qu'on pust, de peur
que nos os ne se deboitassent, tant nous estions
secs & rongez de famine : on fit venir des ocu-
listes, pour nous chercher les yeux, car ils
estoient si fort enfoncez dans nostre teste, qu'il
fallut quasi vser d'vn tire bourre, d'arquebuse
pour les r'auoir : pour moy, à cause que i'auois
eu plus de mal que Diego, & que ma faim auoit
esté plus grande, pour auoir esté traité en valet,
on fut long-temps sans mes les pouuoir trouuer.
On appella des Medecins qui ordonnerent d'a-
bord qu'on nous ostast la poudre des léures, auec
des queuës de renard, comme on fait sur les ta-
bleaux (en effect, il n'y auoit guere de dif-
ference de nous, à des figures de la plate pein-
ture (& puis qu'on nous donnast force bons

bouillons, & conſommeziõ qui pourroit raconter le contentement que nos boyaux receürent
au premier mets d'orge mõdé qu'on nous donna ! Les Medecins commanderent que perſonne
n'euſt à parler haut, neuf iours durant dedans
noſtre chambre, parce que, comme nos eſto-
macs eſtoient pleins de concauitez, la moindre
parole qu'on proferoit y faiſoit vn Eco, qui
reſpondoit beaucoup de fois plus que celuy d'O-
uide.

Auec toutes ces obſeruations, nous com'nen-
çaſmes à n'us reſtablir en noſtre premier, eſtre,
& à recouurer la vigueur, & dans quatre iours
apres, à nous tenir à noſtre ſeant dans noſtre
lit, mais toutefois, nous ne reſſemblions encore
qu'à des ombres des autres hommes ; Nous eſtions ſi deſcharnez, & ſi iaunes, qu'on nous euſt
pris pour des greffes d'Hermite, nous ne faiſions
tout le iour que rendre graces à Dieu, de ce qu'il
luy auoit pleu de nous rachetter de la captiuité
du barbare Ragot, & le prier d'empeſcher tout
Chreſtien, de tomber en ſes mains. Si en man-
geant, nous nous ſouuenions par hazard de la table du miſerable Gouuerneur de ieuneſſe, l'apetit
nous augmentoit tellement, que nous en dou-
blions la deſpence. Nous entretenions Don A-
lonſo des propos de Ragot, nous luy ſontions
comme à noſtre entrée de table, il mediſoit
éfrontement de la gourmandiſe ſans l'auoir
iamais connuë : comme il adiouſtoit, & com-
prenoit au commandement de ne point tuer les
cocqs d'Inde, chapons, perdrix, & toute autre ſorte de volaille, qu'il ne vouloit pas que nous

mengeaffions mefine : il y mettoit auffi la faim :
car il fembloit qu'il fift vn cas de confcience de
la tuer,

Trois mois fe pafferent ainfi dans la maifon
d'Alonfo, mais enfin , il falut changer de vie. Le
defir qu'il auoit de donner la connoiffance des
lettres à fon fils , luy fit prendre deliberation
de l'ennoyer à Alcala , pour continuer ce qu'il
auoit defia commencé en la Grammaire. Il me
demanda fi ie voulois aller auec luy:moy qui ne
fouhaittois autre chofe , que de fortir du pays
où le nom de ce maudit perfecuteur d'eftomacs
eftoit connu , ie m'offris de bon cœur , à
continuer le feruice que i'auois commencé de
rendre à fon fils. Là deffus , il luy donna vn
homme pour mefnager l'argent de fa dépence
qu'il auoit ordonnee pour l'entretien de Diego , & le chargea de lettres de change. On
nous dreffa noftre équipage , on fit des pa-
quets de nos hardes , & nous mis on d'ans
vn coche : Nous partifmes fur le foir , vne
heure auant foleil couchant, afin d'aller au frais,
& arriuafmes à minuit à l'hoftellerie de Viue-
ros , qui fera eternellement maudite: L'hoftellier
eftoit Morefque , & larron quànt & quànt : on
apelle Morifques ceux d'entre les Mores qui fe
font conuertis à la foy Catholique, que l'on
foupçonne pourtant de tenir toufiours du Iu-
daïfme : & ie vous puis affeurer , qu'en ma
vie ie n'auois iamais ouy parler d'vn tel mon-
ftre : car en la perfonne de cét homme là , ie vis
vn chien , & vn chat tout enfemble , & qui viuoient en paix : Il nous fit vne fort ioyeufe re-

ception ſelon la couſtume de telles gens , & cõme nous fuſmes preſt à decendre du coche , il
vint à mon maiſtre , parce qu'il eſtoit le mieux
habillé , & luy donna la main pour l'aider à ſortir , & s'adreſſant à moy , il me demanda s'il
alloit eſtudier , ie luy reſpondis qu'ouy ; il nous
mit auſſi toſt dans vne chambre , où eſtoient
deux ruffiens qui ne viuoient que de la proſti-
tution de certaines droleſſes , qui eſtoient auſſi
là auec eux. Dans ceſte compagnie-là , eſtoit
vn Curé de village qui diſoit ſon office au ſon
de leurs beaux deuis : vn vieux Marchand auaricieux, qui taſchoit d'oublier à ſouper : & deux
fripons d'Eſcoliers , qui cherchoient des inuentions pour eſcorniſler. Mon maiſtre , comme
le dernier venu en l'hoſtellerie , & ieune qu'il e-
ſtoit : Monſieur de ceans, dit-il , donnez moy ce
que vous auez pour moy , & pour deux ſeruiteurs que i'ay. Nous ſommes tous de voſtre Sei-
gneurie , dirẽt en meſme tẽps les deux Filoux , &
nous vous en témoignerons les effets. Hola Monſieur de ceans, traitez bien Mõſieur, vous n'y per-
drez rien : ouurez librement l'aumoire , & le gar-
de-mãger. Diſant cela, en voicy vn qui s'aproche
de luy nud teſte, & luy oſte le manteau : ça Monſieur, dit-il, ſe faut repoſer Tandis qu'on luy faiſoit ces honneurs là , dequoy i'eſtois fort eſmer-
ueillé , vne des Nymphes me vint accoſter : ô
la bonne mine de Gentil-homme que voilà , me
dit-elle, va-t'il eſtudier : eſtes-vous à luy ; ouy,
reſpondis ie , & cẽt homme là auſſi , en luy
monſtrant noſtre argentier : Comment s'appelle
voſtre Maiſtre ? Don Diego , luy dis-ie , fils

de Don Alonso Coronel. A peine le sçeut elle,
qu'aussi-tost vn des Filoux s'approche de luy,
comme pleurant à demy : & en l'embrassant
etroittement ô Monsieur Don Diego, dit il, hé
qui m'eust dit, il y a dix ans, que ie vous deusse
voir en l'estat que vous estes? ha malheureux que
ie suis ! ie dois estre bien changé, puisque vous
ne me reconnoissez plus. Il demeure fort estonné, & moi aussi, car nous iurasmes tous deux, de
ne l'auoir iamais veu en nostre vie. L'autre Fi-
lou tournoit autour de D. Diego, & l'alloit re
gardant au visage, & dit a son amy en faisant
vn signe de croix : Est ce là ce Gétilhôme, du pere
du quel vous m'auez loüé le merite, certes nous
sommes bien fortunez, d'auoir fait cét heureuse
rencontre, & de le reconnoistre : qu'il est desia
grand, Dieu le vuille conseruer. Cette façon de
parler nous rendoit encore plus confus : car on
eust creu à les ouir qu'il eussent esté nourris &
éleuez auec nous. Don Diego lui fit plusieurs
compliments ; & comme il lui demandoit son
nom, l'hoste entra dans la chambre pour mettre
la nape : & ayant éuenté la matoiserie; Remet-
tons, dit il, les courtoisies & les enquestes à vne
autrefois ; parlons de souper ; car la viande se
morfond, & puis vous vous entretiendrez à
loisir.

Comme il disoit cela, vn de ces Escoliers cô-
mence à ranger des sieges autour de la table, &
mit vne chaire au haut bout pour Don Diego,
& l'autre apporta vn plat; là Monsieur, dit il, à
mon Maistre ! mettez vous à table; car en attendant qu'on appreste nostre souper, nous vou,

Pagination incorrecte — date incorrecte

NF Z 43-120-12

seruirons. Iesus , Messieurs , dit Diego vous
prendrez place s'il vous plaist, & nous souperós
ensemble : à cet'heure, Monsieur, à cet'heure,
repondirent les Filoux à qui il ne parloit pas , la
table n'est pas encore couuerte. Et moy voyant
les conuiez, & les autres qui se conuioient eux-
mesmes, ie commençay à me fascher,& à crain-
dre ce qui arriua. Voilà donc les Filoux & les Escoliers atablez, lesquels regardant mon maistre,
Il n'est pas raisonnable, dirent-ils, qu'en la pre-
sence d'vn tel cauallier que ces Dames là de-
meurent sans manger : Commandez, Monsieur ,
qu'elles honnorent la compagnie.Luy faisant du
galant, & du courtois, les pria de se mettre àta-
ble : à quoy elles acquiescérent fort promptemét,
& lors Dieu sçait comme il fut escrimé des mas-
choires d'asnes dans cette belle troupe de conuiez. En vn instant ils eurent englouty vn grand
potage de choux qui estoit là : & ne firent que
quatre bouchees chacun d'vn pain de six liures:
& lors ie fis experience , qu'vn Espagnol n'est
pas sobre , quand il disne aux dépens d'autruy ,
Apres cela , ils se ietterent sur vn demi chévreau
rosti , & deux gros morceaux de salé. Et comme ils commençoient à estre souls , ils aperceurent Monsieur le Curé qui les mangeoit auec les
yeux: & les Ecoliers en se retournant :Comment,
Monsieur, vostre reuerence est-elle là ; (car on
parle ainsi aux Prestres en Espagne) approchez
hardiment : la largesse & la liberalité de Monsieur , se peut bien encore estendre iusques à
vous. A peine eurent-ils acheué ce mot, que
le voilà assis à table : Nostre argentier qui

voyoit que toute cette dépense se prendroit sur
sa bourse, se grattoit où il ne se demangeoit pas,
comme ie faisois aussi. On aporta encore sur la
table, vne couple d'aloyaux & deux pigeons, ils
en donnent la moitié d'vn à Don Diego : & puis
les Filoux, les Nimphes, les Escholiers, & le Curé deuorerent incontinent tout le reste. Les
Filoux luy disoient, Monsieur, il ne faut guere
manger de peur que l'estomac ne vous fasse mal:
vous dites vray, luy respond vn de ces diables
d'Escoliers : Dauantage, il faut que ceux qui
vont à Alcala s'accoustument à la sobrieté.
Plust a Dieu, dis-ie alors à mon compagnon, en
les maudissant, qu'ils voulussent pratiquer ce
qu'ils preschent, afin qu'ils nous restast quelque
chose. Quand ils eurent tout mangé, & que le
Curé eut reuisité & rongé pour la seconde fois
les os que les autres auoyent laissez, vn d ces
Filoux se retournant, ô mal-heureux que nous
sommes, s'écria-t'il , nous n'auons rien laissé
pour les seruiteurs ? venez mes enfans, dit-il, en
nous regardant l'argentier & moy, tenez Monsieur de ceans voila vne pistole , donnez-leur
tout ce que vous auez. En mesme temps, ce maudit pretenduparent de mon maistre, accourut sou-
dainement , & luy dit : vous me pardonerez,
mon Caualier , si ie vous reproche de ne
pas bien entendre vostre monde, vous ne con-
noissez pas bien mon cousin, vous luy faitestort
il a assez de moyen de faire traiter ses gens , &
les nostres si nous en auions : resserrez , resserrez seulement vostre argent. Quand ie vis cette
matoise subtilité , ie pensay enrager tout vif-

On leua la nape, & lors ils prirent tous congé de
Don Diego, disans, qu'il le faloit laisser reposer,
il voulut payer le souper, mais ils luy repartirent,
qu'il seroit assez à temps le lendemain.

Comme chacun de cette venerable compagnie
se retiroit en son apartement, vn de ces fripons
d'Escoliers vid ce Marchand qui dormoit, & dit
aux Filoux, voulez vous bien rire: faisons quelque malice à ce vieillard, qui n'a mangé qu'vne
poire en tout le chemin, c'est vn vilan auaricieux qui est fort riche: vostre pensée est bonne,
respondirent les Filoux, faites, faites: il merite
bien quelque niche. L'Escolier s'aproche donc
du Marchand, & luy tira doucement vne valise
qu'il auoit sous les pieds: l'ayant ouuerte, il en
sortit vne boitte pleine de morceaux de paste de
sucre, il vuida toute la boiste, & la remplit de
pierres, de bastons, & de tout ce qu'il trouua,
puis il auala ses chausses, & vuida son ventre
dans la boiste, & mit par dessus, enuiron vne
douzaine de ces pierres luisantes comme sucre,
qui se trouuent parmy le plastre, cela fait il ferma la boitte : Ce n'est pas tout, dit-il, il a vne
bouteille, il faut voir ce qu'elle a dans le ventre:
en mesme temps il l'emboucha, & en auala
presque tout le vin, puis il la remplit de toupil-
lons de bourre qu'il tira d'vn coussin de nostre
coche, & la reboucha comme elle estoit anpara-
uant, & referma la valise, & non content de cette malice, il mit encore vne grosse pierre dans le
Capuchon du Caban: auquel le Marchand é-
toit enuelopé. Apres cela, chacun s'en alla coucher peu enuiron vne heure & demie, qui res̀oit

de là, iusques au iour. L'heure de se leuer estant
venuë , tout le monde s'éueilla fors la vieillard
qui dormoit encore:on l'appelle, maisen se voulant leuer , il ne pût tirer son capuchon apres luy
il regarda à quoy il tenoit , & là dessus l'hoste
s'aproche , qui sçauoit la raillerie , & feignant
d'estre en colere, Comment bon homme , luy dit-
il , n'auez vous rien trouué ceans plus propre à
dérober que cette pierre là ? voyez Monsieur ,
s'il ne l'emportoit pas si ie ne l'eusse découuert?
l'aymerois mieux auoir perdu cinquante pistol-
les : car elle est excellente contre la colique ; Cependant le pauure homme iuroit & se donnoit à
tous les diables qu'il ne l'auoit point mise dans
son capuchon.

Comme il fut question de partir , les Filoux
firent comte de la dépence , qui monta à quinze
liures , qu'il nous falut payer contant, & sans dispute, de peur d'émouuoir vn plus grand danger
auec telles gens; Chacun mangea vn morceau
auant que de déloger, & le vieillard prit sa valise sous son caban , & se mit en vn coin obscur
où il s'ouurit pour tirer quelque conserue de sa
boiste , & en manger auant que de commencer
chemin , mais au lieu de trouuer cequ'il pensoit
il prit vne pierre qu'il mit à sa bouche , & mor-
dant à mesme se pensa rompre le reste des dents
qu'il auoit : à l'instant , il se mit à cracher , & à
faire des grimaces , de la douleur & puanteur
qu'il sentoit en la bouche , nous accourusmes
tous à luy pour le secourir. Monsieur le Curé luy
demanda ce qu'il auoit , mais au lieu de répon-
dre, il detestoit , & proferoit mille maledictiõs;

N

vn des ecoliers faignant de croire qu'il fuſt De-
moniaque, demandoit de l'eau beniſte, & crioit
à pleine teſte, *vade ſatanas*, mais il declara à l'inſtant ſa deſconuenuë, & pria inſtamment qu'on
lui laiſſaſt ſeulement lauer la bouche auec vn peu
de vin qu'il auoit dans vne bouteille: On fit ce
qu'il deſiroit: il prit ſa bouteille, & voulaut ver-
ſer vn peu de vin dans vn verre, il trouua que ſon
breunage eſtoit deuenu ſauuage, ſon vin eſtoit ſi
barbu & ſi velu, qu'il ne ſe pouuoit boire, ny
paſſer ny couler. Ce fut là que le vieillard ſe penſa deſeſperer, mais voyant les éclats de rire de la
compagnie, il fut contraint de prendre patience
& entrer ſans dire mot dans le chariot où il
eſtoit venu auec les Filoux, les Ecoliers, & les
filles de ioye: Nous entraſmes dans noſtre coche, & arriuaſmes à la ville d'Alcala, qu'il n'e-
ſtoit encore que neuf heures du matin, & alaſmes deſcendre à vne hoſtellerie: où nous paſſaſ-
mes tout le reſte du iour à conter a quoy nous
auions pû faire vne ſi grande deſpence, mais il
nous fut impoſſible d en venir à bout.

Ils arriuent a Alcala : La bien venue payée
par Dom Diegao aux Escoliers
& le ridicule traittement fait
a Buscon.

Vant qu'il fut nuit, nous sortismes de l'hostellerie, & alasmes à la maison qu'on nousauoit loüee; qui estoit hors la porte saint Iacques & la demeure du plusieurs Ecoliers. Nostre hoste estoit de ceux qui ne croyoient en I. Christ que parcourtoisie : c'estoit vn Morisque, on appelle ainsi ceux d'entre les Maures, qui se sont conuertis à la Foy Catholique, qu'on soupçonne de tenir tousjours du Iudaisme.

Cet hoste-là nous receut auec vn visage fort rebarbatif, ie ne sçay s'il le fit, afin que de bonne heure nous nous accoustumassions à luy porter respect, ou si c'estoit le naturel de cette nation-là, car il n'est pas mal conuenable, que ceux qui ont vne mauuaise loy, ayent aussi de mauuaises complections : Nous logeasmes nos hardes: on fit nos licts, & nous dormismes cette nuit-là mieux que nous n'auions fait l'autre. Le matin venu, voicy entrer dans nostre chambre, tous les Ecoliers pensionaires de cette

maison, qui vinrent demander la bien-venuë à
mon Maistre : Luy qui ne sçauoit que c'estoit, me
demanda ce qu'ils vouloient dire : & moy qui
estoient aussi ignorant que luy, craignant ce qui
pouuoit aduenir, sans dire mot ie me cachay entre deux matelas, sans montrer que la moitié de
la teste, & le bout des pieds comme vne tortuë.
Enfin les compagnons s'expliquerent, & dirent
que cela signifioit qu'il leur faloit donner vne
pistole. Don Diego la leur fit incontinent donner
par son argentier, pour sortir vistement de la
frayeur où il estoit, & lors ils se mirent a faire
vne musique des diables, & à crier, *Viuat viuat,*
bien venu soit le nouueau compagnon : qu'il soit
receu en nostre amitié, qu'il iouisse des preroga-
tiues des anciens, que sa peau soit brodée de galle, ses habillemens de taches, & son ventre de bon
appetit aussi bien que nous, Cela dit, ils descen-
dirent le degré comme en volant, & nous laissé-
rent en repos.   Voyez ie vous prie les beaux pri-
uileges dont ils nous gratifioient. En mesme
temps nous nous habillasmes, & prismes le chemin du College. Les Regents vinrent incontinent receuoir & embrasser Don Diego, parce
qu'ils estoient fort connus de son pere : ils le menerent dans leur chambre, où ils luy firent tous
honneurs & caresses qu'ils purent. Cependant
ie demeuray seul à l'entrée des degrez, car il ne
m'appartenoit pas tant de courtoisie qu'à mon
maistre, voyant cela, i'entray dedans vne grande
court, où il y auoit vne grosse troupe d'escoliers,
qui ne m'auoient pas quasi aperceu quand ils
commencerent à me deuorer auec les yeux, à

me rire au nez, & à boutdonner entre-eux, vn
certain murmure sourd, duquel ie discernai ces
paroles : A ce nouueau venu : alors pour faire
le bon compagnon, & feindre que ie n'appre-
hendois ny ne m'estonnois de rien, ie me mis à
rire aussi bien qu'eux : mais à la fin ie ne me puis
tenir de rougir, en mesme instant, vn des plus
insolents & effrontez de la compagnie, & qui
estoit aupres de moy, se porta la main au nez,
& en se retirant : Ie croy, dit-il, que c'est icy vn
Lazare qui ressuscite : car il put cruellement : A
ceste parole, tous les autres l'imiterent, ils se
boucherent le nez, & s'esloignerent, Moy, qui
essayois tousiours à passer pour dénaisé : ie fis
aussi comme eux, en disant : Ma foy, Messieurs
vous auez raison : ô comme put ! Aussi tost ils se
mettent à rire, & s'amasserent incontinent plus
d'vn cent autour de moy : les voila à renisler, à
tousser à ouurir & fermer la bouche, d'où ie reconnus qu'ils se preparoient à me faire vn salué
de crachats : alors vn d'entreux, qui sembloit
estre des plus catharreux, arracha vn gros fleg-
me de son poulmon, & en disant. Voilà tout de
bon, il me le voulut appliquer & estendre sur le
visage, comme le crapaut de l'Enfant ingrat,
mais en esquiuant, il demeura si fort arraché &
colé sur mon pour point que ie ne le pouuois ef-
facer.

La colere commença aussi-tost, à me monter à
la teste : Ie me donne au diable, luy dis-ie, ie te, ie
t'alois menacer de le tuër, mais la batterie & la
pluye de crachats qui m'accabla fut, si furieuse,
que le reste de la menace me demeura dans la

N 3

bouche, car il me falut couurir le viſage de mon
manteau & demeurer là, comme le blanc & la
butte de leurs crachats, dont ie fuſ ſi remply que
s'il euſt neigé ſur moy,

Ce ne fut pas encore tout, vn des plus fripons
de la troupe, voyant que i'auois le viſage en ſau-
ueté, s'aproche de moy , & feignant d'eſtre en
colere contre les autres : Tout-beau , Meſſieurs
tout beau dit il, c'eſt aſſez : contentez vous , il
il ne le faut pas tuer

Quand i'entendis ces paroles, & ſentant comme ils me traitoient, ie creus qu'ils l'aloient faire , ce qui fut cauſe que ie me déuelopay de mon
manteau , & me découuris le viſage : en meſme
temps, le vilain me plante vn gros crachat entre les deux yeux , & lors tous ſes complices
firent vn éclat de rire, qui me penſa eſtourdir:
me voyant accouſtré de cette façon, & conſiderant l'ordure, qu'ils auoient ſortie de leurs eſto-
macs, ie creus qu'ils ne ſe purgeoient iamais de
telles ſaletez, que quand il arriueroit des nouueaux venus comme moy , & par ainſi eſpar-
gnoient l'argent qu'on donne aux Medecins &
aux Apotiquaires pour ce ſuiect , Pour faire la
bonne meſure , ils auoient encore enuie de me
donner des teſtonnades ſur la teſte , mais il n'y
auoit pas d'aparence qu'ils le peuſſent faire,
ſans s'emplir les mains des flegmes dont ils m'a-
uoient couuert , depuis le ſommet de la teſte,
iuſques à la plante du pied : ce fut pourquoy il
me firent grace, & me laiſſerent aller en ce bel
eſtat. Ie me retiray le plus viſte que ie pis en
noſtre logis, & la bonne fortune voulut pour

moy , qu'il eſtoit encore aſſez matin ? car ie ne
rencontray perſonne par le chemin que deux
ou trois valets du College , leſquels eſtoient
de tres bons enfans : pource qu'ils ne me ietterent en paſſant que trois ou quatre grandes poignees de chaux eſteinte , qui par malheur ſe trouua-là pour m'acheuer de pein-
dre.

Ainſi bien paré , i'entray dans noſtre logis ,
le Moriſque me voyant en cet eſtat , ſe mit à rire & à faire comme s'il euſt voulu cracher du
mal de cœur, que ie luy ſaiſois : & moy qui
creus qu'il vouluſt remplir quelque place, qu'il
voyoit peut-eſtre vuide ſur moy , afin de rendre
ſouurage plus accomply , ie luy dis incontinant, Monſieur ie vous prie de prendre garde
à ce que vous ſerez ; car ie ne ſuis pas vn
Eſclaue, ie diſois cela à cauſe de ſa nation ,
mais pleuſt à Dieu que i'euſſe eſté muet à cette
heure là : car il me donnâ vne couple de coups
ſi furieux ſur les eſpaules , auec le manche
d'vn ballet qu'il tenoit , qu'il me penſa faire
tomber à la renuerſe , & defait , ie cheus iuſte-
ment le nez deuant. Auec cette belle conſolation,
& à demy vangé qu'il fut , ie montay en noſtre
chambre , où il me falut vne bonne demie heure
à regarder par où ie prendrois mes habillemens
pour me depoüiller. A la fin i'en vins à bout,
ie les pendis à l'air ſur vne terraſſe : puis ie me
mis au lict où ie m'endormis ſans dire mot. Là
deſſus, mon Maiſtre arriua, & comme il me trouua dormant ; ſans ſçauoir la honteuſe & vilaine
auenture qui m'eſtoit aduenuë , il ſe mit fort en

colere, & me tirant par les cheueux , comme
sont les chaircutiers la soye des porceaux, quand
ils les tuent , il m'en arracha tant , qu'en deux
coups de pleus , ie me fusse esueille aussi chaude
qu'vn crâne de squelette. Ie me leue en criant ,
& me pleignant : & Diego augmentant son
couroux, Comment , dit il , est ce là comme il
faut seruir ? sçauez vous bien qu'il y a ? chan-
geons de stile , car nous sommes maintenant en
vne autre vie. Quand ie l'entendis parler de l'autre vie , ie pensois desja estre mort , Et quoy -
Monsieur , luy dis je en pleurant , est ce la
comme vous m'assistez dans mes afflictions ,
ouurez vn peu ceste porte , & regardez mes habillemens comme ils sont faits , ils ont auiour-
d'huy serui de mouchoirs & de blassins à cra-
chet aux plus vilains nez , & aux plus sales gor-
ges qui furent iamais en la Synagogue de la Sep-
maine sainte. Diego me voyant pleurer , & ouurant la porte pour me regarder mes habits , eut
compassion de ma disgrace. Buscon , me dit il,
en r'entrant, il faut prendre patience, contre fortune bon cœur, mon amy il te faut éforcer de
toy mesme, tu n'as icy ny pere ny mere. Ie luy fis
recit de tout ce qui m'estoit aduenu , & pour e-
stre plus commodément assisté , il me fit porter
dans vne autre chambre , ou couchoient quatre
seruiteurs des hostes du logis. Ie me couchai,
& m'endormis comme auparauant , & par ainsi
apres auoir soupé , ie me trouuay la nuit suiuante aussi sain & gaillard , que s'il ne me fut rien
arriué, Mais quand le malheur s'atache à quelqu'vn, il semble qu'il ne s'en doiue iamais sepa-

rer, les disgraces sont enchainées ensemble, les
vns attirent les autres.

La nuit venuë, les seruiteurs qui auoient leurs
lits dans la chambre ou Diego m'auoit fait mettre, s'en vinrent coucher: ils me donnerent le
bonsoir, & me demanderent si ie me trouuois
mal: ie leur fis vne succincte relation de mes aduentures, dequoy ils firent mille signes de la
croix, témoignans d'en estre fort estonnez, &
comme s'il n'y eust eu aucune malice en eux, hé
quoy, dirent ils, il n'y a point de Demons si
meschans! comment? cela peut il arriuer entre
des Chrestiens! Le Recteur a grand tort, disoit vn autre, de ne point establir vn meilleur
ordre dans le College, il s'y fait tousiours quelques nouuelles insolences, connoistriez vous
bien ces Lutins là, qui vous ont si mal traité?
ie leur respondis, que non, & les remerciay
fort courtoisement de la bonne volonté qu'ils
me portoient. Durant toutes ces honnestez,
ils se deshabillerent, tuerent la chandelle, & se coucherent: Nous voila tous dans
vn fort grand silence, & moy, pensant estre
couché auec mes propres freres, ie m'aban-
donnay au sommeil. Il estoit enuiron mi nuit
quand ie m'esueillay en sursaut, aux cris d'vn
de la compagnie, Au meurtre, au meurtre,
disoit il, aux voleurs, & comme il disoit
cela, on oyoit de grands coups de fouet dans
son lict, aussi tost ie me leue en monseant,
qu'est ce qu'il y a là? dis ie mais à peine
eus je parlé, quand ie me sentis faire sept
ou huict ceintures autour du corps tout

d'vn coup , auec vn fouet , d'autant de cordes
que de ceintures , A ce réueil matin , ie commençay à me leuer , à tenir ma partie , & faire vn *duo* à la complainte de celuy qui m'auoit,
éueillé , qui crioit aussi tant qu'il pouuoit
combien qu'il n'y euft que moy qui fentift la
flagellation. Ie crie au fecours , i'appelle la
Iuftice : mais perfonne ne vint : le plus prompt
remede que ie trouuay , ce fut de me fourrer
fous vn lict , car on m'auoit arraché la couuerture & les draps ; fous lefquels ie me pen-
fois mettre à l'abry. En mefme temps , les trois
autres fe mirent à crier : moy qui ecoutois les
coups de fouet qui continuoient , fans plus dire
mot , ie penfay que c'eftoit quelqu'vn dehors
la chambre , qui nous eftoit venu donner cette agreable aubade. Cependant , celuy qui
auoit crié le premier , fe mit dedans mon lict :
ou il fit ce qu'on fait dans vne garderobbe qvand
on a vn cours de ventre , puis il le recou-
urit : & s'eftant remis dans fon lit , la fu-
ftiguation ceffa : & tous quatre fe leuerent,
en difant , voilà vne mefchanceté incomparable , cela ne fe paffera pas ainfi , il faut fça-
uoir qui eft entré dans noftre chambre , &
firent femblant de fermer la porté , comme
s'ils l'euffent trouuee ouuerte. Tandis , i'eftois
toufiours fous le lit : grelottant comme vn chien
pris entre deux portes , & voyant que tout
eftoit appaifé , ie fortis de là deffous , & leur
demanday fi on leur auoit fait mal : Le Diable s'eh pende , dirent ils tous, nous fommes
eftropiez & ecorchez : Ie retrouuay mon

lit par hasard, où ie me iettay viuement, & m'endormis incontinant, sans rencontrer l'endroit qui
estoit sale: mais mon somme ne fut par si exempt
d'inquietudes, que ie ne me tournasse souuent
de costé & d'autre, si bien qu'en meueillant, ie
me trouuay tout emmiellé d'vne matiere fort
inicste.

Le iour venu, chacun se leue & moy, pour
demeurer au lit, & déguiser mon incommodité,
ie pris pour pretexte, les coups de fouët que i'a-
uois receus qui me faisoient mal: I'estois si plein
de cette ordure, qu'vn gadouart n'eust pas
eu assez bon cœur pour me tirer de là : & ce
qui me mettoit encore en peine parmy ce desplaisir, c'estoit que ie ne sçauois comme cela
estoit aduenu si ce n'estoit que le froid & la
frayeur que i'auois eus, ne m'eussent causé
ce déuoyement, ie me trouuois innocent & cou-
pable, sans me pouuoir valablement excuser.
Les compagnons estans habillez, s'approchent
de moy en se plaignant tous, les vns d'vne façon, les autres de l'autre, & auec vne extréme
dissimulation, me demandoient comment ie me
trouuois: fort mal, leur respondis-je, car ie pense auoir esté moy seul, plus estrillé que vous n'a-
uez esté tous ensemble ; helas ! ie ne pensois pas
dire si vray. ie leur demanday qui nous auoit fait
cette iniure-là : l'auois quasi mis la main
dessus, me respond vn, mais il m'a eschap-
pé, ie le descouuriray pourtant, quand ie de-
urois aller au deuin, donnons-nous patience
mais voyons vn peu si vous estes si mal que vous
en faites le semblant, pour le moins auez vous

bien crié, difant cela : ils fes mettent à me vouloir defcouurir, & me faire l'affrôt entier, furquoy
mon Maiftre arriua : Eft il poffible Bufcon, me
dit il , que vous ayez fi peu de foin de voftre de-
voir : il eft tantoft huict heures, & vous eftes encore au lict : leue toy , leue toy n'as tu
point de honte. Les autres pour me faire plai-
fir , firent le recit à Don Diego de ce qui
s'eftoit paffé , & le prierent de me laiffer vn
peu repofer : & fi vous ne nous croyez, dit l'vn,
leuez la couuerture & voyez comme il eft accou-
tré : Difant cela , il fe met luy mefme en deuoir de me defcouurir, mais ie la tenois auec les
mains & les dents , de toute la force qu'il m'é-
toit poffible , pour ne point me oftrer le caca : &
quand ils virent qu'ils n'en pouuoient venir à
bout par ce moyen là , mais ne fentez vous rien,
dit l'vn des compagnons ? pour moy ie trouue
qu'il pue bien fort dans cette chambre : Don
Diego dit qu'il fentoit fort mauuait : & difoit
vray là deffus tous les autres fe mirent à chercher
s'il n'y auoit point quelque chaire percée, remplie
de quelque vieux cliftere , cela feroit fort propre
pour vn écolier en medecine , dit vn de fripons.
Enfin ne trouuans rien , ils vifiterent les
licts , & mefmes renuerferent pour voir
s'il n'y auoit rien deffous : fans doute dit
vn autre , il faut que la puanteur foit fous celuy de Bufcon , portons le dans vn autre, &
voyons deffous : moy qui vis le peu de remede
qu'il y auoit de fe fauuer de la malice de ces
Diables là , ie feignis qu'il me prenoit vn
mal de cœur , ie faifois des hoquets & des gri-

maces,& ceux qui connoiſoient le myſtere, s'ap-
procherent pour me tenir la teſte, cependant que
Don Diego me ſerroit le doigt du cœur.En fin,en-
tre eux cinq, ils m'enleucrent de mon lit , & en
deſcouurant les draps , ils penſerent eſtouſer de
rire,voyant les grands plafonds dorez qu'il y eſtoiēt
helas le pauure garçon, diſoient ils , penſez que
cela luy a laſché quand le mal de cœur luy eſt
venu : & moy tout confus de honte , ie contre-
faiſois, l'éuanoui, tirez luy bien fort le doigt, diſoient ils, & mon Maiſtre penſant bien m'aleger,
me le tira ſi fort, qu'il me le demit. Apres tous ces
diuers tourmens, ils me laiſſerent là. Ie pleurois
de faſcherie , & de honte tout enſemble, & ils
me diſoient en ſe moquant de moy , & feignant
d'en auoir pitié, cela ne ſera rien, vn ſceau d'eau
en fera la raiſon, il vaut mieux ſonger à voſtre
ſanté, qu'à voſtre ſaleté.

Ainſi ie fus mis au lit, & ils s'en allerent. Quand
ie me vis ſeul, ie me mis à conſiderer la rigueur
de ma deſtinee , & comme i'auois eu plus de mal
en vn iour en Alcala , qu'en tout ce qui m'eſtoit
arriué en la maiſon de mon hoſte ſuſdit. Ie fis ce
qui me fut poſſible, tant pour nettoyer ma perſonne, que mes habillements, & ſur l'apreſdince ie me
leuay , & m'en allay trouuer mon Maiſtre.
Et en paſſant par vne gallerie , les autre ſeruiteurs du College m'aperceurent , & apres auoir
bien , ry, ils me conterent la ſourbe & là malice qu'on m'auoit faite , ce qui renouuella &
redoubla mon depit & ma honte. Ainſi ie fus
deſniaiſé , & de là en auant nous fuſmes

tous les autres valets & moy les meilleurs amys
du monde , & nulle meschanceté ne me fut faite
depuis.

Des premiers tours de friponnerie de Buscon, &
de la plaisante frayeur qu'il fit a la
femme de son hoste , & d'vne
autre drollerie signalée.

Az come vieres , dit le prouerbe Es-
agnol, fais comme tu verras à propos ; instruit de ceste belle sentence,
ie me resolus de changer de vie , de
heurler auec les loups, d'estre fripon
auec les fripons, & mesme de l'estre plus qu'eux
si ie pouuois :iene'sçay pas si i'executay bien mon
proiet , mais ie vous asseure que ie fis toutes les
diligences qui me furent possibles. En premier lieu
i'imposay la peine de la vie, ou pour mieux dire de la mort , & à tous les cochons qui entre-
roient dans la maison : comme aussi à tous les
poulets de la maistresse qui viendroient dans ma
chambre : Ma sentence ne fut pas plustost
prononcée , qu'il monta deux cochons de

laiét sur nos degrez, les plus gentils que ie vis iamais, ie me iouois alors auec les autres seruiteurs, comme ie les oüis, ie dis à vn de la troupe, va t'en va peu voir qui c'est qui nous vient
grongner chez nous, il obeyt à l'instant, & me
vint dire que c'estoient deux petits enfans de
truye : ne les chasse pas, garde t'en bien, ouurons
leur la porte, ils sont les bien venus : ie sors habillement de la chambre, & les fais entrer ; en
mesme instant ie me saisis d'eux, & les punis ri-
goureusement de la hardiesse qu'ils auoient euë
de nous venir gronder chez nous : quand la nuit
fut venüe, nous les mismes à la broche, & ban-
quetasmes à gogo mes compagnons & moy, &
nous nous payasmes par nos mains, des inte-
rests, & arrerages, que la famine nous demandoit. Dom Diego le sceut, qui se fascha contre
moy, mais tous les hostes de la maison y ayant
trouué matiere pour rire, se mirent de mon party, & entreprirent la deffence de ma cause. Don
Diego me demandoit ce que ie ferois si la Iustice se saisissoit de moy, & ie luy répondis que
i'en appellerois par-deuant la Famine qui est
l'Asile des Escoliers, & que si cela ne me seruoit
de rien, ie dirois qu'ils entrerent sans heurter à
la porte comme dans la maison, & que cela me
fit croire qu'ils estoient à nous, ils se mirent tous
à rire de mes raisons. Ma foy Buscon, dit Diego,
vous commencez à vous faire au mestier, si vous
côtinuez vous deuiendrez habille homme, c'estoit
vne chose fort remarquable de voir mon Maistre si modeste & si religieux, & moy si fripon & si cauteleux : car nous estions deux cou-

traires qui se faisoient paroistre l'vn contre l'au
tre, en la vertu & au vice. La maistresse se pas
moit d'aise de voir mon humeur : car elle & moy
auions pris accez ensemble, '& conspiré contre
nostre argentier & contre la dépence : mon mai
stre m'auoit fait son dépencier : & dés cette heu
re là ie pris fort grand plaisir au mestier de Iudas, & à serrer la mule. La chair que la Maistresse aportoit à la maison, ne gardoit iamais
les regles de la Rhetorique, elle alloit tousiours du plus au moins : car quand elle pouuoit
trouuer de la chair de chévre ; ou de vache,
elle n'achetoit iamais de mouton, de sorte, qu'elle nous faisoit tous-jours vne marmite thisique
tant elle estoit maigre, & des potages si clairs,
que s'il eussent este gelez on les eust pris pour
des glaces de cristal : il est vray, que pour nous
réjouir elle iettoit quelquefois des bous de chandelle dans le pot. Quand elle me voyoit deuant
mon Maistre, elle luy disoit, Monsieur, il faut
aduoüer qu'il n'y auroit point de seruice pareil
à celuy de Buscon, s'il n'estoit point si fripon,
Ie vous conseille pourtant, de le bien garder, sa grande fidelité merite bien qu'on luy
souffre ses malices : il achette tousiours ce qu'il
trouue de meilleur au marché. Les mesmes louan-
ges qu'elle me donnoit pour le regard du marché ie les disois aussi d'elle quand le cas y escheoit, & par ainsi nous trompions toute la maison. Quand il falloit acheter de la chandelle, du
sel, des pois, ou du lard, nous en mettions tous-
jours la moitié en reserue pour nostre part, que
nous reuendions à mon Maistre, quand l'autre
moitié

moitié estoit consommee :& pour faire les bons
ménagers , nous luy disions souuent qu'il estoit
trop prodigue , que sa depence estoit trop grande , & que le bien d'vn Roy n'y fourniroit pas: si
l'achetois quelque chose au marché , & que ie la
contasse à mon maistre au mesme pris qu'elle
m'auoit couté, la maistresse arriuoit la dessus,&
pour faire semblant que nous ne nous entendions pas ensemble , elle me disoit comme en
colere. Comment Buscon ? me voudriez vous faire à croire qu'il y eust là pour dix sols de viande:& moy, faisant semblant de pleurer , ie m'allois plaindre à mon maistre de la mesfiance
qu'on luy vouloit donner de moy , & le pressois
d'enuoyer son argentier au marché, pour en sçauoir la verité, afin de faire taire la maistresse qui
criailloit tousiours : Il le faisoit . & cela se trouuoit comme ie l'auois dit & de ceste façon, Dom
Diego & son argentier en estoient plus asseurez
de ma fidelité, & obligez au zele que la maistresse auoit du bien de mon maistre , qui luy disoit
à part, pleust à Dieu que Buscon fut aussi vuide de
vice , comme il est plein de fidelité. Ainsi par
ces artifices là , nous luy tirions le sang comme
des sangsues : mais le meilleur. Vous me dites ,
peut estre , seigneur lecteur, qu'au bout de l'an
nostre larcin se pouuoit trouuer bien gros , &
que ie serois en bonne conscience obligé à restitution , ie vous aduoüe bien l'vn , & non pas l'autre , parce que la maistresse se confessoit & com-
munioit tous les huit iours , & si ie ne recon-
neus iamais qu'elle eust dessein de rendre vn
seul denier, ny qu'elle en fist aucun scrupule ,

de forte, qu'en jmitant vne telle Beate, ie ne
penfe pas que ie fiffe faute: Elle portoit toufiours vn Chapelet au col, où il y auoit tant de
bois, que quelque autre moins deuote qu'elle en
euft mieux aimé porter vne charge de bois fur
fes efpaules, il y auoit plufieurs diuerfes me-
dailles, images, croix, & grains d'indulgences,
dont elle prioit, à fon dire, pour fes bienfai-
éteurs: elle contoit plus de cent Saints, qui
eftoient tous fes aduocats, Et en effet, il luy faloit bien autant d'interceffeurs, pour excufer
les pechez qu'elle commettoit, Elle couchoit
dans vne chambre qui eftoit fur celle de mon
Maiftre, & difoit plus d'Oraifons que le plus
fçauant aueugle des quinze vingts de Paris
n'en fçait, ou elle compofoit des mots latins
que Ciceron ne connut iamais, qui nous faifoient mourir de rire. Outre ces vertus là, elle
auoit mille autre habiletez: elle eftoit concilia-
trice de volontez diuerfes, & médiatrice des
voluptez, qui eft le mefme meftier que celuy de
maquerelle, mais quãd ie luy en faifois la guer-
re, elle s'excufoit, en difant qu'vn bon chien
chaffoit de race. Mais Seigneur Leéteur, penfe-
riez vous que nous fuffions toufiours en Paix?
Non, non, fçachez que deux amis auaricieux, &
foigneux de leur profit particulier, ne peuuent
demeurer toufiours en bonne intelligence enfemble, car ils ne tafchent qu'à fe tromper l'vn
l'autre, & de ma part, quand i'en trouuois l'occafion ie ne la laiffois pas efchapper, ie la prenois à belles dents, en voicy vn trait que ie luy
fis vn iour:

Elle nourriſſoit quantité de poulles en vne.
arriere court de la maiſon, il me prit enuie comme à vne femme groſſe, de manger vne couple
de poulets de raiſonnable groſſeur, & aſſez de-
ſirables à voir dans vn plaz , qui ſuiuoient encore leur mere. Or vne fois en leur voulant,
donner à manger elle les apella ainſi , pio-
pio, pio, qu'elle repeta par pluſieurs fois, ie remarquay incontinent à quoy cela pouuoit faire
aluſion, & là deſſus, ie trouuay ſuiet de ſatisfaire
a mon appetit: Ha Dieu! Madame Cypriane, c'e
ſtoit ſon nom, que n'auez vous tué vn homme,
ou rongné la monnoye, ou fait quelque autre
crime que ie puiſſe celer. pluſtoſt que d'auoir
fait ce que vous venez de faire : car il faut ne-
ceſſairement que ie vous aille accuſer! ha, que
nous ſommes auiou, d'huy malheureux, vous &
moy! Elle moyant teſmoigner tant de peine ,
& faire des exclamations ſi vray ſemblables ,
fut vn peu troublée, he! qu'eſt ce que i'ay donc
fait, dit elle, Buſcon mon ami? dis moy ſi tu te
ioue , & ne me tiens pas dauantage en inquietu-
de, comment ſi ie me ioüe, luy reſpondiſ ie, ha!
pluſt à Dieu. il me le faut aller reueler à l'nqui-
ſition , autrement ie ſuis excommunié. A l'inquiſition, dit elle: Et quoy , ay ie commis quelque choſe contre la Foy ? C'eſt encore pis , luy
dis ie , ne vous mocquez pas des inquiſiteurs ,
confeſſez le blaſpheme, & l'indignité, dites que
vous eſtes vne mal aduiſée, & que vous vous
en deſdites, Et ſi ie me deſdits , elle , eſtant
deſià toute paſle & tremblotante, me condam-
neront ils à quelque peine corporelle &

O 2

publique ?non-:luy dis ie vous ſerez abſoute: Ie
me dedis donc, répond elle : mais dites moy dequoy?car ie n'en ſçay rien :Eſt il poſſible que
vous l'ignoriez:luy dis ie, certes ie ne ſçay comment ie le vous diray car l'impieté eſt ſi grande, qu'elle me fait trembler d'ffroy. Ne vous
ſouuenez vous pas, que quand vous auez appellé vos poulets:vous auez dit, pio, pio, pio:&
que pio, c'eſt le nom des Papes, Vicaires de Dieu
& Ches de l'Egliſe: Elle demeura quaſi eſua-
noüye de frayeur. Il eſt vray Buſcon, reſpond elle, ie l'ay dit :mais ſi ce fut par malice, que Dieu
ne me le pardonne iamais: Ie vous prie, voyez
s'il y a quelque inuention, pour faire que vous ne
m'en accuſitez pas car ie mourrois s'il me faloit aller deuant l'Inquiſition: pouruen, luy
dis ie, que vous iuriez ſur vn Autel ſacré, que
vous ne l'auez pas fait par malice, ie ſeray diſ-
penſé de vous accuſer : mais il faudra que les
deux premiers poulets qui vinrent manger (ie
l'ay bien remarquez(lors que vous les appela-
tes auec ce tres ſainct nom des Pontifes, me
ſoient mis entre les mains, afin de les porter à
vn Familiar, qui eſt le nom d'vn des miniſtres
de l'Inquiſition ; afin de les bruſler, parce qu'ils
ſont maudits Apres cela il faut que vous pro-
teſtiez ſolemnellement de ne retomber iamais
dans vn ſi grand blaſpheme. Elle fut fort reſ-
joüie de cét expedient là. Buſcon, me dit elle,
prenez vitement ces deux poulets là, faites en
faire la Iuſtice, & qu'ils portent la peine de
mon peché, & demain nous ferons la proteſta-
tion neceſſaire. Ie voy pourtant encore vn mal

en cela , luy dis ie, car le Familiar me demande-
ra fi c'eft moy qui a fait le delit , & dans cette
incertitude , il me pourra faire quelque mal, ie
fuis donc d'aduis que ce foit vous qui les por-
tiez vous mefme, il n'en faut point mentir, i'ay
trop peur des atteintes de ces gens là : car ils
n'efpargnent perfonne. Helas ! mon pauure Bufcon , me dit elle , entendant ces paroles, ayez
pitié de moy, portés les ie vous prie, il ne vous
en attiuera aucun mal , & vous me releuerez
d'vne grande peine. Ie me fis long temps prier,
pour luy rendre ce bon office là , & en fin ie
pris courage, & les deux poulets quant & quant,
que ie portay viftement cacher en ma chambre ;
& feignant de fortir dehors , & d'auoir fait l'affaire , ie reuins au logis, luy faifant entendre
que cela auoit mieux reüffi que ie n'auois crû : il
eft vray, luy dis ie, que le Familiar vouloit venir auec moy, pour voir la femme qui auoit peché : mais ie l'en ay dextrement empefché ; là
deffus elle m'embraffe , & me donna encore vn
autre poulet pour ma peine, que ie portay auec
fes compagnons , & dés le foir mefme ils furent mangez auec les autres feruiteurs de la maifon.

Quelques iours apres Cyprianne fceut la four-
be que ie luy auois faite, dequoy elle penfa cre-
uer de depit, & ne s'en falut rien qu'elle ne def-
couurît mes larçins, & mes ferre mules à mon
Maiftre : mais eftant complice du delit , elle
craignoit de participer à la peine. Me voyant
ainfi brouillé auec la Dame Cyprianne, & qu'il
n'y auoit pas moyen de faire paix auec elle , il

me falut chercher de nouuelles inuentions de
passer mon temps à quelque friponneries, dont
i'auois apris l'exercice auec les Escoliers, & où
depuis il m'arriua de plaisantes rencontres. La
premiere fut, que m'allant promener vn soir sur
les neuf heures, qu'il ne va desia plus guere de
monde par la ville, ie passay auprès de la boutique d'vn épicier & vis sur l'étallage vn cabas
de raisins: ie le saisis & m'enfuys de toute ma
force: les courtaux de la boutique, & ceux du
voisinage se mirent à piquer apres moy à toute
bride, i'auois assez bonnes iambes & beaucoup
d'auantage sur eux, mais la charge que ie portois
m'empeschoit si fort, qu'ils m'eussent attrapé,
sans vn stratageme dont ie m'aduisay: ce fut
qu'en tournant vn coin de ruë, ie m'arrestay
tout court, & m'asseant sur le cabas, ie me pris
vne iambe, & me mis à crier comme ils passoient:
le diable emporte le meraut, il m'a estropié: ou
est il, ou est il? me dirent les coureurs tous hors
d'haleine: voilà vn garçon qui s'enfuit qui m'a
pensé rompre la iambe, leur repondis ie, que
le diable luy rompe le col, ie ne sçay si c'est celuy que vous demandez: En mesme temps ils
passent outre, & moy ie m'en allay auec mon cabas i'arriuay à la maison, ou ie contay la drôle-
rie, qu'on ne voulut pas croire, combien qu'ils la
trouuerent fort bonne, & pour leur en confir-
mer la verité, ie les conuiay pour la nuict suiuante, à me voir courre, non pas la bague,
mais les boistes du mesme espicier que i'auois
affiné. L'heure venuë ie pris garde que des cabas
n'estoint plus à l'étalage, mais à la boutique,

& que ie n'y ponuois atteindre de la main, outre
que l'épicier eſtoit ſur ſes gardes , ayant eſté
fraiſchement dupé , neantmoins ie ne laiſſay
pas d'excuter mon projet : ie me mis donc vis
a vis de la boutique , & de l'autre coſte de la
ruë, ayant l'eſpee nuë en la main , qui eſtoit vne
eſtocade fort roide , puis ie pris ma courſe droit
dans la boutique , & criant tuë tuë, ie tiray vne
eſtocade qui raza la barbe au Maiſtre épicier, &
l'allay planter dans vn cabas : le maiſtre de la
boutique fut ſi épouuenté qu'il ſe laiſſa tomber
entre les comptoirs, comme ſi ie l'euſſe frappé à
mort, quoy que ie ne luy euſſe pas touché, & cependant i'emportai le cabas au bout de mon e-
pée, cóme vne bague au bout d'vne lance. De maniere que ie fis voir à mes compagnons que ie
ne manquois ni de hardieſſe, ni de ſubtillitépour
entreprendre quelque bonne action : auſſi dirent ils que i'eſtois capable de nourrir la maiſon , pourueu que ie trouuaſſe dequoy prendre,
qui eſtoit en paroles couuertte , dire que i'eſtois
bon larron : & moy qui eſtoit ieune, & qui ollois
à la bonne foy , ie me laiſſois enjoler de ces belles loüanges-la, & m'animois le courage à faire
quelque nouueau tour de ſoupleſſe : Et parce
que Dõ Diego y prenoit quelque plaiſir, voyant
que ie reuſſiſſois ſi bien , ie gageay vn iour auec
luy, d'oſter & d'emporter les épées de la Ronde
qui ſe faiſoit toutes les nuiéts dans la ville d'Alcala.

Pour en voir l'execution, nous ſortiſmes tous
de la maiſon, & allaſmes aux lieux par ou nous
ſçauions que la Ronde auoit accouſtu-

mé de paſſer, & lois que nous l'aperceuſmes venir de loin, ie m'aduançay auec vn des ſeruiteurs
de la maiſon, & d'vne voix fort eſfrayée, ie commençay à crier Iuſtice Iuſtice? Qui va là, dirent-
ils? Monſieur le Corregidor eſt il là, leur reſpondis ie (le Corregidor eſt comme le Cheualier du guet a Paris) ouy me dirent ils : alors ie
me mis à genouy, Monſieur luy diſje, ie vous
demande iuſtice, vous me pouuez faire faire raiſon d'vn outrage qu'on m'a fait, & rendre quant
& quant vn ſignalé ſeruice à la Republique. Ie
vous ſuplie de vouloir ouyr deux paroles de
moy en ſecret : vous ferez vne belle capture ſi
vous voulez. A l'inſtant il ſe ſepara de ſa compagnie, & s'auance vers moy : Cepedant les Archers commencerént à regarder ſi leurs épées tenoient point au bout, & ſi leurs piſtolets eſtoiét
en bon eſtat. Monſieur, luy diſie, i'ay ſuiuy ſix
hommes de puis Seville iuſques icy, les plus mé-
chants & les plus infames qui ſoient au monde, en fin ce ſont des brigands & des meurtriers :
dans coſte troupe là, il y en a vn qui a tué ma
mere, & vn petit frere que i'auois, eſtans entrez
chez nous pour derober : il y a force teſmoins
du fait, l'on dit qu'ils ſeruent d'eſcorte à vn
eſpion François, lequel comme ie preſume eſt,
& luy parlant tout bas, Antonio Peres. A ceſte
parole, le Corregidor ouure les orailles : ou
ſont ils : dans le College, luy dis ie, vſez de diligence ie vous en conjure, les ames de ma mete
de mon frere vous recompenſeront en oraiſons,
& le Roy en recognoiſſances temporelles. Patience : reſpond il, nous ne perdrons point de

temps fuiuez moy tous, dit il a fes archers , & m°
donnez ma rondache ? Non , non Monfieur,
luy dis ie alors , en tirant à part , vous gafteriez
tout , & vous vous mettriez en grand danger fi
vous y alliez de la façon , au contraire il faut
que vous y entriez vn à vn , & fans épee : car ils
ont tous de bons piftolets , & vous voyant entrer
en troupe & auec des armes , ils entreront incontinent en foupçon , veu que perfonne n'en
peut porter icy que les Officiers de Iuftice ; ils
tiretoyent fans doute , il ne faut que porter vos
poignards fous le manteau, nous ne les inuefti-
rons que trop , nous fommes affez de gens. Le
Corregidor ne trouua pas ma propofition mau-
uaife:difant cela, nous approchafmes du lieu, &
lors il commanda à fes gens de cacher leurs épees
parmy quelques herbages qui eftoient en vne
place quafi deuant la maifon , ils firent ainfi,
& pafferent outre. Or i'auois aduerty mon compagnon que dés qu'ils les auroient quittées, que
il s'en faifift & s'enfuift : il n'y manqua pas , &
fort habilement. Ils entrerent tous , & moy ie
demeuray le dernier, & lors fans courir plus loin
e me iettay viftement dans ma chambre auec
i nes compagnons ? Cependant voila le Corregidor dedans auec fes Archers, & ne trouuant rien
dans cette maifon là que des Ecoliers, ils fe re-
tournerent pour regarder ou i'eftois , il me fait
chercher , & moy ne paroiffant point, il vid bien
qu'il eftoit pris pour befte. Il fort auec tous fes
gens , & enuoye querir les épees mais il ne s'en
trouua pas feulement vne moitié d'vne. De vous
dire les perquifitions & les diligences que

I

fit le Corregidor & le Recteur du College de
cette nuit là , il faudroit trop de propos seulement vous diray ie qu'ils visiterent toutes les
courts de la maison, monterent aux chambres, &
chercherent iusques dedans les licts : & de peur
qu'ils ne me reconnussent , ie me mis incontinent
dans le lit , auec vn bonnet de nuit en la teste,
vn cierge dans vne main, & vn Crucifix en l'autre, & ve ieune Prestre auprés de moy qui m'ay-
doit à mourir : cependant que tous les autres
compagnons disoient les Litanies. Le Recteur
& le Corregidor entrent dedans la chambre, &
voyant ce triste spectacle sortirent incontinent.
iugeant qu'il n'y auoit pas d'aparence qu'on eust
là besoin de leurs épees pour se defendre de la
mort , tant s'en faut, ils me dirent vn répons de
l'Office des morts: & s'en allerent sans esperance de retrouuer leurs épees : le Recteur iurant
au Corregidor de luy remettre entre les mains,
le galant qui auoit fait cet affront, & l'autre pro-
testant de le faire prendre quand il seroit le fils
d'vn *De los granndes*. Le iour venu, ie ressuscitay
& me leuay. On parle encore auiourd'huy de
cette action là dans Alcala : tout le peuple , les
boistiers , les tondeurs , les fruictiers , & les ve-
netables herbieres , car ie ne les ay iamais sceu
oublier, depuis l'affront qu'elles me firent quand
ie fus Roy de l'Escole , en font leur entretien de
cheminée. Iene vous veux point parler des tri-
buts que ie prenois sur les poix nouueaux &
les feves, sur les raisins & les fruicts des iardins
qui estoient autour de nostre logis. Ainsi i'acquis
le renom d'estre le plus subtil Espiegle de la Pro-

uince : dequoy tous les Cheualiers m'aymoient
si fort, qu'à peine me laissoyent ils seruir Dom
Diego, à qui ie rendis tousiours le respect, tel
que de raison, à cause de l'affection qu'il me portoit.

*Buscon reçoit nouuelles de la mort de son pere :
il quitte son maistre, & change de
de profession*

N ce temps là Dom Diego receut
vn paquet de son pere, ou il y auoit
vne lettre pour moy d'vn mien oncle qu'on appelloit le Grimpant,
homme qui viuoit dans la Iustice,
& qui estoit le plus connu de toute la ville de Segouie, en vn mot il en estoit le bourreau, mais
tre expert en cét office, & quiconque luy voyoit
faire l'exercice, luy prenoit enuie de se faire
pendre. Ce personnage là donc m'ennoya cette
lettre de Segouie en Alcala, par ou l'on peut
remarquer l'affectió paternelle qu'il me portoit

LETTRE DE GRIMPANT
à son Nepueu.

Les grandes occupations où ie suis employé de par sa Majesté, ne m'ont pas donné lieu de vous escrire pluſtoſt : car s'il a y quelque peine à ſeruir le Roy ; elle eſt adoucie par ce petit honneur , & par cette vanité de dire qu'on eſt de ſes ſeruiteurs. Il me faſche fort de vous mander des nouuelles qui ne vous doiuent pas eſtre trop agreables : voſtre pere mourut il y a huiſt iours : mais le plus genereuſement qu'homme que i'aye veu. Ie puis porter ce teſmoignage là par tout, puis que ce fut moy qui le guinday : il alloit leuant les yeux aux feneſtres des maiſons , faiſant des geſtes de courtoiſie à tous ceux qui quiſtoient leur beſongne & leur office pour l'aller voir : Il arriua à la colomne de bois qu'on a ppelle vulgairement la potence, où eſtoit le non plus vltra de ſa vie. Et ayant mis le pied ſur l'eſcalier de l'echelle , il monta fort habilement , & comme il alloit eſtre homme d'ordre , voyant vn eſchelon velaté par deſſus lequel il paſſa , il ſe retourna vers la Iuſtice , & pria qu'on le fiſt re ſaire pour quelque autre qui n'auroit pas tant de

diſpoſition que luy : Ie ne vous ſçaurois repre-
ſenter combien il fut agreable aux yeux de tous
les ſpectateurs , il s'aſſit fort proprement , il prit
la corde luy meſme   & ſe l'ajuſta ſur la noix
du goſier , & voyant que le Pere qui l'aſſiſtoit
le vouloit exhorter à la conſtance: Mon Pere ,
luy dit il il y a long temps que ie me ſuis diſpoſé
pour cette action , diſons vn peu le Credo ſeulement , & achouons ; car ie ne veux pas ennuyer la compagnie : cela fut fait ainſi , puis il
temba ſans plier les jarrets , ny faire aucune
grimace , & demeura auec vne grauité incomparable, Ie le mis par quartiers , & luy donnay
les grands chemins pour ſepulture. Dieu ſçait le
regret que i'ay de le voir en cét eſtat , ſeruir
de franche lipée aux corbeaux : mais i'eſpere
que les pâtiſſiers de ce pays cy nous obligeront
de le loger en meilleur lieu. Pour le regard de
voſtre mere , combien qu'elle ſoit encore viuan-
te : ie vous en puis quaſi dire la meſme choſe,
car elle eſt entre les mains de l'Inquiſition de Tolede, accuſée de déterrer les morts (toute fois
elle ne detraſtoit de perſonne) comme auſſi de
faire mourir le baſtail des laboureurs : il eſt
vray que l'on trouua chez elle plus de iambes de
bras, & de teſtes de cire , qu'en vne chappelle de
miracles : Enfin on diſoit qu'elle ſolemniſoit
pluſtoſt le iour de Sabbath que le iour du Dimanche, I'ay vn extréme deſplaiſir de ce qu'elle

deshonore ainsi nostre race, ou i'ay en mon particulier, vn notable intrest, estant officier du
Roy, car cette alliance là me defauorise entre
les gens d'honneur. Au surplus, mon enfant,
i'ay quelque chose qui vous appartient, à cause
de la succession de vos pere & mere; il y a enuiron quatre cents ducats: d'ailleurs ie suis vostre oncle, ie n'ay point d'enfans, ie vous re-
signeray mon office. Dont la presente veuë,
vous pourrez vous acheminer par deça auec ce
que vous sçaurez de Latin, & de Rhetorique,
vous serez vn homme rare en nostre mestier,
Faites moy promptement réponse, & cependant
Dieu vous garde. &c.

Il faut auoüer que i'eus vn grand ressentiment
de la honte que mes parens me faisoient, mais
ie me consolay facilement, en considerant l'argent qui m'enuenoit: iem'en allay trouuer Diego qui lisoit encore les lettres de son pere, lequel luy mandoit de s'en aller, & de me laisse à
Alcala, parce qu'il auoit ouy parler de ma vie; Il
me dit donc qu'il se diposoit d'aller trouuer
son pere, comme il luy commandoit, & qu'il luy
faschoit grandement de me quitter (& à moy
encor plus (& que si ie voulois, qu'il me mettroit auec vn autre Caualier qui estoit son amy
pour le seruir, mais en faisant bonne mine, Mon-

sieur, luy répondis je, i'ay le courage bien plus
releué que vous ne pensez, ie renonce à la basses-
se de ces conditions là, ie veux escallader l'honneur, & si iusques à cet'heure, i'ay eu vn pied
sur l'eschelle comme chacun sçait, il faut que
vous sçachiez que mon pere y est monté tout à
fait: ie m'expliquay plus clairement auec luy; &
luy communiquay la terre que ce braue oncle
m'auoit escrite, car puis qu'il sçauoit très bien
qui i'estois, ie me pouuois librement descouurir
à luy, & sans vergongne. Il en eut grande compassion, & me demanda ce que ie pretendoisfai-
re? ie luy dis mes desseins, & dés le lendemain
il s'en alla Segovie fort triste, & moy ie demeuray dans le logis, dissimulant l'ennuy qui me
serroit le cœur. Ie brûlay la letrte de peur de la
perdre, & qu'on ne vist mon scandale;puis ime
resolus d'aller aussi à Segovie recueillir ma succession, & cognoistre mes parens pour fuir d'eux
& du lieu de leur demeure.

De son depart d'Alcala pour retourner à Sego-
uie : & de la rencontre de deux foux, qui
luy firent passer le temps en chemin,
l'vn ingenieur , & l'autre es-
crimeur.

E N fin le iour vint , qu'il me falut
abandonner la plus agreable vie
que j'eusse encore passée , Dieu
sçait mon regret , quand il fut
question de dire au dieu à tant d'a-
mis & de camarades. Ie vendis ce peu de hardes que j'auois au desceu de mes compagnons
& auec l'aide de quelques subtillitez , ie
fis jusques à six cens reales , qui valent enuiron cent cinquante liures, l'achetay vne mule ,
qui est la plus ordinaire monture des Espagnols,
& ie sortis de la maison , d'où ie n'auois rien
à emmener auec moy que mon ombre. Ie ne vous
sçaurois raconter les fascheries du Sauctier
pour le credit qu'il m'auoit fait , les tristesses
de la Dame Cyprianne nostre hostesse , pour
quelque argent qu'elle m'auoit presté , ny les
clameurs de son mary pour le loüage du logis,
car i'emportay l'argent que mon Maistre m'a-
uoit

auoit laissé pour le payer : l'vn disoit le cœur me
le disoit tousiours bien : l'autre ie me doutois
bien que c'estoit vn matois, vn dessalé, tant y a
que ie m'en allay tellement bien aymé de chacun
qu'vne moitié de ceux qui m'auoient connu pleuroient mon absence, & l'autre moitié rioit de
ceux qui pleuroient. Ie m'entretenois par le chemin de la consideration de ces choses là, quand
apres auoir passé Torote, ie rencontray vn homme sur vn mulet de bast qui parloit tout seul, &
si fort abandonné à sa resuerie, que encor que ie
fusse à costé de luy, il ne me voyoit pas, mais ie
le réueillay de cet extase en le saluant : il me
rendit la courtoisie : ie luy demanday où il alloit
& quand nons fusmes satisfaits des demandes &
responses, il commença à me l demander si le
Turc entreroit bien-tost dans la Chrestienté, &
quelles forces le Roy auoit pour l'en empescher.
Puis il me demanda par quels moyens on pourroit gaigner la Terre Sainte : & comme on prendroit Alger : ce qui me fit connoistre que c'estoit
vn fol de Republique & de Gouuernement d'E-
stat.

Nous continuasmes la conuersation, & d'vn discours en autre, nous nous trouuasmes en Flandre,
c'est à dire à parler de ces Prouinces-là. Ce fut là
qu'il commença à s'empirer & à dire : Ces Estats
là me coustent plus qu'au Roy, car il y a quatorze ans que ie suis sur vn aduis, lequel s'il n'estoit
impossible comme il l'est, la paix seroit desia par
tout : En quoy consiste t'il, luy dis je, d'estre si
connenable & si impossible tout ensemble, qu'il
ne se puisse faire? Qui est-ce qui vous dit, répond-

il , qu'il ne ſe puiſſe faire ? ſçachez qu'il ſe peut
faire : car pour eſtre impoſſible c'eſt autre choſe,
& ſi n'eſtoit de peur de vous ennuyer , ie vous
conterois ce que c'eſt , mais le temps viendra
qu'on le verra: car ie ſuis ſur poinct de le faire
imprimer , auec quelques autres petites œu-
res , ou ie montre au Roy les moyens de prendre Oſtende par deux chemins. Ie le priay de
me les dire, & alors foüillant dans ſes prochet-
tes , il me montra le plan du fort de l'ennemy &
du noſtre, & me dit, vous voyez bien que toute
la difficulté de l'affaire dépend de ce bras de mer
que voilà , or ie donne vn moyen de la tarir toute, & de la rendre à ſec auec des eſponges. A ce
mot là , ie ne peus tenir vn éclat de rire qui me
vient à la bouche, mais au lieu de s'en offenſer
il ſe mit auſſi à rire , il eſt vray, dit il , que tous
ceux à qui j'ay conté mon inuention, en ont fait
de meſme que vous, tant ils y ont pris de contentement: Ie le croy, luy dis je , ils n'en pouuoient
pas faire moins, entendant vne choſe ſi nouuelle,
fondée ſur de ſi bonnes raiſons , toutefois auec
voſtre permiſſion , ie voudrois vous aduertir
qu'encore que vous euſſiez attiré toute l'eau qui
ſe trouueroit alors , la mer ne tarderoit guere à y
en mettre encore dauantage que vous n'en auriez oſté : ô qu'elle n'auroit garde, dit il j'y ay
bien donné ordre , par vne autre inuention que
j'ay trouuée, de creuſer la mer en cét endroit la
de douze braſſes: ie ne luy oſay repliquer, de crainte qu'il ne me diſt qu'il euſt vn aduis pour attirer
le Ciel en terre, car il faut aduouer que ie ne vis
iamais de foux ſi extrauagant. Auec ces admi-

rables propofitions , nous arriuafmes à Torre-
geon , ou mon ingenicur s'arreſta , car il y alloit
pour voir vne de ſes parentes :pour moy , ie paſſay outre , en riant à chaque bout de champ, dans
les ſouuenances de ces rares inuentions.

Mais ma fortune qui eſtoit plus ſoigneuſe de
moy ce iour là que les autres , & qui ne vouloit
pas que ie demeuraſſe ſans entretien , me fit ap-
perceuoir de loin vne mule ſellée & bridee, qui
paiſſoit l'herbe en toute ſeureté , & vn homme
auptes d'elle qui regardoit dans vn liure , & qui
tiroit des lignes deſſus auec vne plume , & les
meſuroit auec vn compas:puis il ſe reculoit&s'a-
uançoit, en étendant les bras comme vn homme
qui tire des armes, & de moment en moment,
croiſant vn bras deſſus l'autre , faiſoit mille differentes poſtures en ſautant. Iamais ie ne fus
plus eſtonné : car ie m'arreſtay de fort loin pour
le conſiderer : en fin ie me figuray que c'eſtoit vn
enchanteur :& dans cette penſee là ie ne m'oſois
quaſi reſoudre à paſſer outre. Toutesfois ie ha-
zarday le paquet ; comme il me vid aprocher
de luy, il ferma vitement ſon liure : & mettant
le pied à l'eſtrier de ſa monture , le pied luy gliſ-
ſa , & fit vn parterre. Ie vins à luy , & l'aiday à ſe
releuer:& luy me regardant auec vn œil hagard,
Ie n'ay pas bien pris (dit il) le milieu de pro-
portion pour faire la circonference en montant.
Ie n'entendois point ce qu'il me diſoit : mais ie
reconnus bien toſt que c'eſtoit le fol le plus éga-
ré qui naſquit iamais des femmes.Il me demanda
ſi j'allois à Madrid en ligne directe, ou par vn
chemin circonflex. Encore que ie ne connuſ

ſe rien en ſon langage, ie luy reſpondis que i'y
allois par vn chemin circonflex. Il s'informa de
qui eſtoit l'eſpée que ie portois? Elle eſt à moy,
luy reſpondis je. Et en la regardant; Ces quillons-
là, dit il, deuroient eſtre plus longs, pour parer
les eſtramaçons qui ſe forment ſur le centre des eſ-
tocades. Moy qui luy entendois dire tant de termes incōnus, ie luy demanday de quel art il
faiſoit profeſſion? Il me repond qu'il eſtoit le
parfait Maiſtre d'eſcrime, & qu'il le preuueroit
en quelque lieu que ce fut à l'épée ſeule, ou bien
auec le poignard. Ie le croy, ie le croy, luy dis je
vitement, tant i'auois peur qu'il ne m'appellaſt
en duël. A vous dire le vray, quand ie commençay à vous appercenoir de loin faiſant des cer-
cles, ie vous prenois pluſtoſt pour vn enchâteur,
que pour vn eſcrimeur: C'eſt, dit il, que ie con-
ſultois vne idée qui m'eſtoit venuë en l'eſprit par
le moyen du 4. cercle, & du compas de propor-
tion, pour engager l'épée d'vn homme contre
qui ie ſerois vn duel, pour le tuer ſans confeſſion,
afin qu'il ne diſt point qui l'auroit fait: & quand
vous m'auez abordé, ie reduiſois l'inuention
aux regles de Mathematique. Et eſt il poſſible,
luy dis je, qu'il y ait des regles de Mathematique en cela? En doutés vous? me répond il, la
Mathematique ne s'y trouue pas ſeulement, mais
encore la Theologie, la Philoſophie, la Muſique, & la Medecine. Pour ce dernier, lui dis je,
ie n'en fais nul doute, puis que c'eſt vn art qui
traite de tuer. N'en faites pas le rieur, dit il, car
vous apprendrez àcet'heure vn trait ſubtil contre
l'epée, en faiſant les grands coups de taille,

qui comprennent en foy les lignes fpirales de
l'efpée. Ie n'entends rien de toutes les chofes
que vous me dites, luy refpondis je , ny petite ny
grâde. Tenez , dit il , voilà vn lliure qui les ex-
plique : il s'appelle , la dexterité de l'efpee, il eft
fort bon , il dit miracles: & afin que vous y adjou-
ftiez foy , tantoft , quand nous ferons arriuez à
Roias, ou nous allons gifter, vous me verrez faire
des merueilles auec deux broches : & ne doutez
pas que celuy qui lira ce liure, ne tuë facilement
tous ceux qu'il voudra . Il faut donc, luy refpondis ie , qu'il apprenne le fecret de compofer la
pefte, ou bien qu'il procede de la doctrine de quelque Medecin.

En faifant ces difcours , nous arriuafmes à Ro-
jas:& en mettant pied à terre à l'hoftellerie;ilme
cria que ie fiffe vn angle obtus auec les jambes ,
& les reduifant en lignes paralleles, ie me miffe
perpendiculairement à bas.L'hofte , qui eftoit à
la porte, me voyant rire , en fit de mefme, & me
demanda fi ce Caualier eftoit Iuif ou Hebreu , à
le voir parler comme il faifoit.A cette demande-
là, il me penfa faire perdre le fens. Ayant enuoyé
fa monture à l'efcurie, Monfieur de ceans , dit il
à l'hofte , ie vous prie de me donner vn couple de
broches pour faire deux ou trois angles , & ie
vous les rendray incontinent. Oüy dà Monfieur ,
luy refpond l'hofte , il n'eft pas befoin que vous
preniez cette peine là donnez, donnez moy feulement les angles, ma femme les embrochera bien
& les fera roftir , fans que vous en preniez la
peine, encore que j'auoüe que ce foit des oifeaux
que ie n'ay iamais ouy nommer. Comment? ce ne

sont pas des oiseaux, respond l'escrimeur : & me
regardant, me dit en souriant : Voyez, ie vous prie
que c'est que l'ignorance : prestez, prestez moy
des broches, ie n'en ay affaire que pour escrimer,
& peut estre ce qre vous verrez faite aujourd'huy
vous vaudra plus que tout ce que vous avez
gaigné en vostre vie. En fin les broches se trouuerent empeschees : & à faute d'elles, il eut recours à deux cueillers de marmite : on ne vid
iamais rien de si plaisant; il se mettoit en garde
& disoit, auec ce compas que ie fais de ma demar-
che, ie porte l'estocade plus loin, & gaigne les
degrez du pourfil : prenez garde à cettuy cy, ie
me sers à cet heure du mouuement intercadent
pour tuër au naturel. Voicy qui est d'estoc, &
voicy qui est taille. Il ne m'approchoit iamais
de dix pas, mais il tournoit seulement à l'entour
& quiconque nous eût veu en ces postures,
chacun la cueiller en la main, il eût dit que
nous inuentions quelques secrets contre vne
marmite qui s'enfuit à force de bouillir; puis
tout haletant, comme ayant fait vn grand exercice
Voilà, dit il le vray secret des armes, non pas
des demarches d'yvrongnes qu'enseignent vn tas
de veillasques qui se disent Maistres d'escrime,
qui ne sçauent que boire. A peine acheuoit
il cette parole, quand ie vis sortir d'vne
chambre, cointre laquelle nous estions, vn certain personnage auec vn taint enfumé, qui auoit
vne moustache de gros cheueux, comme du crin
d'vn chenal bay, consiz à la graisse, vn chapeau
à grand bord, vn costé retroussé, & l'autre luy
tombant sur la moitié de la trongne, vne espee

de colet , fait d'vn vieux garde tapis de table en
forme de colet de buffle , les iambes raigneuses
comme celles des Aigles de l'Empire , le visage
auec vn grand *per signum Crucis de inimicis suis* , les
moustaches faites comme deux fuseaux , vne épée
au costé , & vne dague sur vn roignon , dont les
gardes estoient plus barrees & plus treillissees
qu'vn parloir de Nonnes : & regardant en terre ,
l'ay esté (dit il(examiné en bonne salle en voicy
les lettres , & par la teste ie donneray cent corps
d'espée, mesme apres la mort, à celuy qui offen-
sera les tireurs d'armes, Disant cela , il met les
mains sur la garde,& se retira trois pas en arriere :moy qui craignois le scandale , ie me mis entre deux,en luy disant qu'il ne parloit pas à luy,
& qu'il n'auoit pas sujet de se piquer.Luy ne laissant pas tousiours de faire le meschant :Qu'il vienne à l'épée blanche, s'il en porte vne, dit il, qu'il
quitte ses cueillers de pot , & que nous sassions
voir où est le vray secret des armes. En mesme
instant mon pauure compagnon, ouure son liure,
disant à haute voix. Voila le liure qui le dit:il est
imprimé auec priuilege du Roy;& ie soûtiendray
qu'il dit vray auec cette cueiller que i'ay en main
icy & par tout ou il sera requis en tel cas que de
raison, sinon mesurons,& tirant son compas, Cét
Angle est Obtus,dit, il , & l'autre tirant son épée,
ie ne connois point , dit il, ny Angle , ny Obtus,
& n'ay siamais ouy parler de ces maistres la:
mais auec cette lame cy dans la main , ie cou-
peray la teste a tous ceux qui voudront mepri-
ser nostre mestier , là dessus il leue la main pour
frapper, mais mon pauure diable ioüa en mesme

P 4

temps de l'epée à deux pieds qu'il auoit meilleure
que l'autre , & s'enfuit vers la porte de la chambre; Il est hors de son pouuoir de me blesser) dit-
il\car i'ay gagné les degrez de pour fil. En fin le
Maistre du logis & moy, auec l'aide de quelques
hostes , nous les mismes d'accord. Pour mon regard, ie ne pouuois quasi parler tant, le rire me
possedoit. Nous nous logeasmes tous deux en
vne mesme chambre : chacun soupa , puis on se
coucha, & enuiron sur les deux heures apres mi-
nuict, il se leue en chemise, & commença à marcher à tastons par la chambre , faisant des sauts
en auant & en arriere , & faisant mille folies en
langue Mathematique. Il m'éueilla , & non content de cela , il s'en va heurter à la porte de l'hoste pour auoir de la chandelle , disant qu'il auoit
trouué l'obiet fixe à l'estocade , l'hoste luy donnoit mille maledictions, parce qu'il troubloit son
repos, il l'importuna tant qu'il l'appella fous , dequoy il se contenta,& s'en reuint en nostre chambre , me disant que si ie me voulois leuer , ie verrois l'artifice excellent qu'il auoit trouué contre
le Turc & ses cimeterres,& qu'à l'heure mesme il
le vouloit aller découurir au Roy , parce qu'il y
alloit du bien de toute la Chrestienté.　Là dessus
le iour vint, nous nous leuasmes, mon compagnon
& le maistre d'escrime s'embrasserent comme
amis,& moy apres auoir payé nostre hoste, nous
sortismes ensemble pour commencer nostre iournée.

Les facecieuses extrauagances d'vn Poete que Buscon trouua sur le chemin de Madrid.

E pris mon chemin vers Madrid, & luy print congé de moy, parce qu'il alloit ailleurs:mais incontinent apres m'auoir quitté, il me r'apella à haute voix. Ie l'attens : & combien que nous fussions en raze campagne, ou il n'y auoit que nous deux, il s'approche, & me dit à l'oreille:Au nom de Dieu, ie vous prie de ne dire iamais rien à personne de tous les excellens secrets d'escrime que ie vous ay monstrez, gardez-les pour vous, si vous estes homme d'entendemêt. Ie luy promis de le faire ainsi. Il s'en va, & moy aussi, en riant de souuenances des extrauagances ces de cét esprit là. Dans cet entretien, ie marchay plus d'vne lieuë sans trouuer personne. Ie m'en allois resuant sur les difficultez que ie trouuois pour commencer à faire profession d'honneur & de vertu : car il falloit auparauant estouffer la memoire de mon pere, & puis exercer vne maniere de vie qui me sist mécconnoistre. Ie te-

nois que ces propoſitions là eſtoient deſia vn fort
bon commancement, & diſois en mon cœur : Si
ie puis vne fois de moy-meſme prodnire des
actions de vertu, ie ſeray mille fois plus loüable
qne ceux qui les ont appriſes de leurs ayeulx.
Mon eſprit s'entretehoit de ces belles raiſons,
quand ie rencontray vn certain vieillard, qui
eſtoit monté ſur vne mule, tirant vers Madrid.
Apres les ordinaires ſalütations, nous commençaſmes à diſcourir enſemble. Il me demanda
d'où ie venois ? D'Alcala, luy reſpondis ie. Que
maudit ſoit le monde de ce pays là, dit-il, il n'y a
pas vn homme d'entendement en tous tant qu'ils
ſont. Ie m'eſtonne bien, luy dis ie, du peu d'e-
ſtime que vous en faites, veu qu'il y a tant de
ſçauans eſprits, Des ſçauans eſprits, dites vous,
(me reſpondit il tout agité de colere) & où les
trouueriez vous, il y a quatorze ans que ie reſi-
de à Majabonde, d'ou ie ſuis maiſtre d'école, &
que ie fais les Noels qui s'y chantent, & ſi iamais ils n'onteu l'eſp,it de me reconnoiſtre d'aucun preſent : mais afin que vous voyez leur in-
gratitude & leur ignorance quand & quand, ie
vous veux montrer vn eſchantillon que voicy de
ma beſongne. Diſant cela, il met la main dans
ſes chauſſes : ie conſiderois l'action de cet homme, & eſtois fort en peine de ce qu'il alloit faire, quand apres auoir long temps foüillé des
deux coſtez il tira vn certain roulleau de papiers
auſſi gras que les parties d'vn cuiſinier, deſquels
il en prit vn, ou eſtoit decrite vne aſſemblée de
bergers qui s'amaſſoient pour aller en Bethleem,

composée d'vn rimaille la plus ridicule , extra-
uagante & impertinente qu'il en fut iamais veüe
dans la grande Bible des Noels. Il ne me fut pas
possible de disputer daunntage contre luy , car
ie ne pouuois quasi respirer à force de rire de la
bonfonne simplicité de cét homme. Mais pour le
flatter, afin d'en passer mon temps, ie luy dis que
ie demeurois d'accord auec luy , de la bestise &
stupidité de ce peuple-là, qui ne reconnoissoit pas
les choses de merite , & que ie n'auois iamais
rien veu de si plaisant en ma vie, que ce qu'il me
venoit de lire. Ie vous prie donc (dit il) puisque
vous y auez pris plaisir, d'oüir encore vne petite
piece d'vn lliure que i'ay fait sur les vnze mille
Vierges, où i'ay composé cinquante huict airs
sur chacune: c'est vn œuure fort riche : & lors
pour m'excuser d'escouter tant de millions de
huictains, ie le suppliay de ne plus rien dire des
choses de pieté. Et bien , dit il , laissons là la
deuotion: voicy vne comedie. Que diable est ce
qui m'a enge de cét importun cy ? dis-je entre mes
dents, en tournant la teste , & faisant la grimace. Et luy sans autre ceremonie , commencç à
feüilleter sa Comedie: où il y auoit plus de iour-
nées qu'il n'en faudroit à faire le chemin de Hie-
rusalem. Ie l'ay faite en deux iours, dit il, ce n'est
icy que le broüillon. Il y aura bien demy rame
de papier . quand elle sera au net : ie l'ay intitu-
lée, l'Arche de Noé : toutes les figures sont de
cocqs , d'oisons , de tenards , d'asnes & de
sangliers , à l'imitation des fables d'Esope.
Ie me mis à en loüer l'inuention , disant

qu'elle estoit vnique, Elle est de moy, repart il.
& enecffect il ne s'est iamais riē fait de semblable
au monde ? & si ie la puis vne fois faire representer chacun en sera raui. Et comme le pourriez-
vous faire, lui disie, puisque tous les personnages sont des bestes qui ne parlent point ? Hece
par le diable, voila la difficulté, respond il, car
sans cela il n'y auroit rien de si excellent : mais
i'y ay trouué vn moyen, c'est que ie changeray
mes figures, & metteray en leur lieu des perroquets, des gais, des pies, & des sansonnets, qui
parlent tous, & par dedans quelques singnes &
guenons pour faire les intermedes. Vous l'auez
trouué ce coup là, luy respondis ie. Ce n'est pas
encore tout, dit il, i'ay fait des gentillesses plus
releuees, pour vne femme que i'aime. Voicy neuf
cents & vn Sonnet, & douze Rondeaux (ie pensois à ouyr ce nombre là qu'il comptât des escus)
que i'ay fait sur les pieds de cette personne là.
Ie luy demanday s'il les auoit veus? Non pas encore, dit il, mais les conceptions sont en forme
de prophetie. Ie prenois vn extréme plaisir à voir
les nayfuetez de cet homme ; mais la crainte que
i'auois qu'il n'enfilast la lecture de l'Illiade de
ses mauuais vers, me fit rompre le discours : &
luy monstrant la campagne, Tenez luy dis ie,
voila vn liévre. Voila qui vient à propos, (dit il,
ie commence par vn Sonnet, ou ie compare ma
maistresse à set animal là : & aussi tost il le reci-
te : & moy pour le diuertir, Regardez, lui dis ie,
voilà cette estoille qui se void de iour: Tout me
vient aujourd'huy à souhait, dit il : En acheuant

ce sonnet cy , ie vous reciteray le trentiesme, ou
ie dis que cette Dame là est vne estoille. ie me
pensay desesporer alors, voyant qu'il n'y auoit
rien au Ciel ny en la terre, surquoy il n'eust fait
quelque sottise ; mais quand ie vis que nous ar-
rinions à Madrid , ie fus infiniment consolé,
croyant qu'il autoit honte de reciter ses rimailles
par les ruës : mais il en aduint tout autrement,
car pour montrer ce qu'il estoit , il haussa le ton
de sa voix en entrant dans la ruë. Ie le priay dé
se taire, luy representant que si les enfans sen-
toient qu'il fust Poëte , il n'y auroit point de
troignons de choux, ny de pommes pourries par
les ruës , qu'ils ne les iettassent apres nous, parce que depuis peu, ils auoient esté declarez pour
fous , par des Ordonnances Politiques, qui a-
uoient esté faites contr'eux , par vn personnage
qui mesme auoit esté de la secte Poëtique , mais
qui s'estoit reconnu & remis dans le bon chemin : il en eut grand despit , & toutefois il me
pria de les lire , si ie les auois. Ie luy promis de le
faire , quand nous serions au logis, & parcequ'il
sçauoit le pays , & non pas moy , ie me laissay
conduire à luy.: Nous allasmes donc à vne hostellerie , ou il auoit accoustumé de loger. Nous
trouuasmes à la porte plus d'vne douzaine de
viclleux , & d'autres aueugles qui l'attendoient ,
les vns le connurent à l'odeur , & les autres à la
voix , & tous luy crioient qu'il fut le bien venu.
Apres les auoir embrassez , les vns commencerent à luy demander des Noels noumeaux , des
chansons nouuelles, des Lanturelus, ou quelque

autre gaillardise pour reciter. Il en tira plusieurs
d'vn sac qu'il auoit, & retira cinq reales de chacun de ses papiers : en fin il leur donna congé, &
se tournant deuers moy, Voyez vous, me dit-il,
ie tireray plus de trois cens reales de ces gens là,
deuant que ie parte d'icy, & pour leur expedier
ce qu'ils me demandent, vous me permettrez de
vous rompre compagnie pour vn peu de temps,
& apres souper nous verrons ces maudites Ordonnances que vous dites.

Buscon se gausse de son Poëte, & luy fait
voir les Ordonnances contre les Poètes. La
rencontre qu'il fait d'vn soldat, preten-
dant recompense de ses seruices : & d'vn
Hermite qui le pipa au jeu. L'abord de Buscon aupres de son oncle.

IL alla donc s'enfermer dans vne
chambre à part, pour faire quelques rapsodies de sottises pour ses
chalans, & cependant l'heure du
souppet approcha : apres que nous
eusmes reimbourré le moulle de nostre pourpoint,
il me pria que ie luy fisse voir cos Ordonnances,
& pour n'auoir autre chose à faire, en attendant
qu'il se fallust coucher, ie les tiray de mes pochettes, & les leus en cette sorte.

ORDONNANCES
contre les Poetes de bale, Muſes verreuſes meca- niques & de louage, comme Cheuaux.

COMBIEN que nous ſoyons deuë-
ment adue ʃis, que ce genre de vermine qu'on appelle Poetes, ſoit ad-
donné à toute idolatrie, adorans des cheueux, des dents, des gands, des nœuds & des ſouliers, & qu'ils commettet vne infinité d'autres pechez, comme s'ils eſtoient Barbares ou Payens: nous deſirons toutefois leur cõuerſion, & voulons vſer de charité à leur endroit, comme eſtans Chreſtiens & nos prochains. Et en cette conſideration, nous ordõnons que la ſemaine ſuin-
cte ils ſerout aſſemblez en quelque place publi-
que, pour eſcouter les reprimandes de leurs erreurs, & les admonitions neceſſaires pour les remettre au chemin de leur ſalut. Et ſi par hazard
il

il s'en trouuoit quelques vns, qui touchez de
leur bon genie, voulussent renoncer à leur infame vie : nous leur preparerons des Conuents de
Repentis, comme il y en a de Repenties, pour y
faire penitence de leurs crimes, & enuoyerons les
autres aux Petites maisons. Item considerant
les grandes secheresses qui se trouuent dans les
caniculaires Stances des Poëtes embrasez, à
cause de l'abondäce des soleils & des estoilles dont
ils sont forcis : nous leur imposons vn silence per-
petuel, pour le regard des choses celestes : & comme il y a des mois en l'année que la chasse & la
pesche sont deffenduës, nous leur faisons aussi
tres expresses inhibitions d'ouurir leurs veines
durant certains mois, de peur qu'elles ne se tarif-
sent à cause de la violence & de la fureur qui les
transporte.

Et d'autant que cette secte infernale de Poëtes
est de la Confrairie des pieds descaux & des
mortes payes du Royaume : nous ordonnons pour
remedier à leur extresme necessité, que toutes
leurs œuures seront bruslées comme les vieilles
franges & broderies, pour faire en leur faueur
vne épreuue de la pierre Philosofhale à peu de
frais, & en tirer l'or, l'argent, les perles, &
toutes les autres pierres precieuses qui s'y pou-
ront trouuer, dequoy ils parent leurs Deesses

2

Icy le Docteur pedantesque ne pût retenir sa colere : il se leue tout debout ; Ie vous declare, dit-il, que ie forme opposition à ceste Ordonance là, & vous prends à partie, si vous passez outre i'en appelle par deuant l'Vniuersité du Parnasse, où i'ay mes causes commises, afin de ne point faire de preiudice à mon habit & à ma profession, & vous respons que i'employeray en ceste poursuite tout ce que Dieu m'a donné au monde. Il seroit beau voir qu'vn homme de ma condition endurast cela : car ie prouueray que les œuures d'vn tel Poëte que moy, ne sont point sujettes à telles ordonnances : & de ce pas, ie les veux aller soustenir deuant Apollon.

Il me prit grande enuie de rire : mais pour ne me pas arrester dauantage, car il estoit desia tard : Tout beau, tout beau Monsieur, ceste Ordonnance est faite par plaisir & raillerie, il ne l'obserue qui ne veut, on n'y est pas contraint, parce qu'elle n'est pas auctorisée d'aucune signature magistrale. Vous me remettez l'ame dans le corps, me dit il : vous m'auez tiré de la plus grande peine du monde : sçauez vous quel tourment c'est à vn homme qui a huict cens mille stances bien comptées, de menacer ses œuures du feu ? Orbien, Dieu vous pardonne la peur que vous m'auez faite. Alors ie poursuiuis ainsi :

„ *Item*, veyant que plusieurs ont quitté la vie
„ idolatre (combien qu'ils en gardent encore
„ quelques reliques) & se sont faits pasteurs :
„ qui fait que leurs troupeaux sont maigres,
„ à „ se qu'ils ne les abreuuent que de leurs

„ larmes , & qu'ils ne les repaissent que de la
„ viande de leurs quittarres enroüees, dont ils les
„ estourdissent , & que d'ailleurs leur laine est à
„ demy bruslee , à cause des souspirs enflamuez
„ qui sortent de la bouche de tels maistres ber-
„ gers : nous ordonnons qu'ils delaisseront cét
„ exercice-là , & que ceux qui affectionneront la
„ solitude s'en iront bastir des hermitages aux
„ deserts de la Libie : & aux autres qui ne vou-
„ dront pas agreer la condition , nous consen-
„ tons qu'ils se loüent à des nourrices, pour chan-
„ ter tandis qu'elles remueront leurs enfans , ou
„ pour les endormir au berceau.

Il faut que ce soit quelque bardache , quelque
bougeron ou quelque Iuif qui ait fait telles Ordonnances , dit le Pedan : mais si ie connoissois le
personnage, ie luy ferois voir vn satyre qui le feroit enrager,& tous ceux qui la liront aussi:mais
ie vous prie , il feroit beau voir vn Hermite de
ma façon , moy qui n'ay quasi point de barbe : &
la bonne-grace que i'aurois à chanter , n'ayant
presque de voix que pour parler.Ie suis bon pour
escrire, & non pas pour prescher. Au reste ,si vous
continüez à me donner ces plaisirs-là par vostre
lecture , vous me verrez tomber euanouy à vos
pieds.Non, non, luy dis-je, il ne vous faut point
estomaquer , ie vous ay desia dit , que ce ne sont
que railleries, & que vous n'en croyez que ce qui
vous plaira.

„ *Item,* pour empescher les larcins manifestes qui
„ se font par telles gens, nous deffendons expres-
„ sément aux Marchands Libraires de faire

,, aucun trafic de liures en vers des langues étran-
,, geres, c'est à dire qu'il n'en soit pas transporté
,, té d'vn Royaume en vn autre: que ceux de Fran-
,, ce ne passeront en Espagne : ceux d'Espagne, en
,, France, &c. & en cas qu'il s'en trouue aucun
,, en flagrant delict, & saisi de tels larcins, il
,, sera mis au carquan pour vne heure, en qua-
,, lité de larron du bien d'autruy.

Ie n'ay pas peur, dit le Pedant en riant, d'estre
exposé à cette ignominie, ie ne suis que trop riche en inuentions, sans en aller emprunter des e-
strangers, & ie vous iureray si vous voulez, que
quand ie prens la plume en main, pour composer, elles me viennent à si grand' foule, que ie suis
quelquefois plus de quatre heures à attendre
que la premiere pensee soit sortie de ma ceruelle, tant elles s'empeschent l'vne l'autre au passa-
ge. Non, non, Monsieur, il n'est pas besoin d'af-
hrmation pour cela, ie vous croy à la moindre
parole,

,, Item, Nous tenons au nombre des desespe-
,, rez : de ceux qui se pendent, ou qui se precipi-
,, tent eux mesmes, toutes les femmes qui se ren-
,, dront amoureuses de ces Poëtes secs comme
,, des allumettes : & deffendons qu'elles soient
,, enterrees en terre sainte, mais iettees à la voi-
,, rie.

,, Item, ayant égard à l'excessiue abondance de
,, Comedies, de stances, de chansons, & de son-
,, nets, dont on fait recolte durant ces annees
,, steriles, nous ordonnons que les liasses d'exem-
,, plaires qui se feront sauuez des chareuitiers &

„ beurrieres, seront nonobstant oppositions
„ ou appellations quelconques, portez aux gar-
„ derobes pour s'en seruir en temps & lieu com-
„ me de raison, les ayant premierement bien
„ frottez entre les mains pour en oster la rudes-
„ se, qui pourroit causer excoriation.

„ *Item* attendu qu'il y a trois genres de per-
„ sonnes dans la Republique si extresmement
„ miserables, qu'ils ne peuuët viure sans Poëtes,
„ comme sont les faiseurs de cour, les chanteurs
„ publics de chansons nouuelles, & Comediens,
„ & desirans charitablement subuenir à leur ne-
„ cessite & indigence, Nous permettons qu'il y
„ ait des Poëtés, à condition qu'ils soubscri-
„ ront, & signeront leurs œuures, & marque-
„ ront le lieu de leur demeure, pour repondre
„ des medisances & detractions qu'ils font ordinairement de plusieurs gens d'honneur, qu'ils
„ publient par leurs perroquets, lanturelus, &
„ landeniuelles, & pour en estre chastiez selon
„ l'exigence des cas. Finalement, nous com-
„ mandons à tous les Poëtes en general, de cor-
„ riger & amender leur stile, & ne plus vser à
„ l'aduenir de ces façons de parler, dont lis ont
„ accoustumé de louër des femmes pour leur
„ propre passion, ou tout l'argent que les autres
„ foux amoureux leur donnent, en quoy ils pro-
„ fanent les choses celestes, adaptant ces noms
„ d'Anges, d'estoilles, de soleils, & de diuinite
„ à telle femme qui sera vne garce à tous re-
„ nans, pourueu qu'ils ayent dequoy payer
„ leur bien venuë, sur peine d'estre exilez aux
„ tenebres eternelles, & abandonnez au malins

,, eſprits, & aux furies infernales à l'heure de leur
,, mort.

Tous ceux qui ouyrent la lecture de ces ordonnances, m'en demanderent des copies, excepté
le bon Pédagogue, qui, dit tout en colere, que
il n'avoit que faire de ces defences, ny de ces
admonitions, qu'il imiteroit toute ſa vie, la
methode des bons Poëtes Eſpagnols, qu'il diſoit avoir connus & frequentez. Nous ne ſommes pas ſi mépriſables que vous penſez, dit il.
i'ay logé en vne hoſtellerie, auec Lignan, i'ay
mangé deux fois auec Eſpinel : & ſi i'ay eſté en
cette ville de Madrid, auſſi pres de Lope de vir-
ga que ie ſuis de vous, i'ay viſité mille fois Alonſo d'Arcilla en ſa maiſon: meſmement i'ay le por-
traict du diuin Figueron ſur ma cheminée, & outre tout cela, i'ay acheté les gregues que celui-là
laiſſa quand il ſe rendit Religieux, ie les porte
encore auiourd'huy, & les porteray tant qu'elles
dureront : tenez les voilà, dit il, en ouurant ſa
ſoutane de lambeaux & monſtrant vn vieux
haut de chauſſes piſſeux, qui n'euſt pas val-
lu à habiller vn épouuentáil de cheneuie-
re.

A cette action, toute la compagnie ſe mit ſi
fort à rire, en bouchant leurs nez cauſe de la ſaleté qu'il monſtroit, qu'ils en penſerent é-
touſer. Et moy voyant qu'il eſtoit fort tard ie les
laiſſay ſur cette bonne bouche, & m'allay repoſer le reſte de la nuict. Le iour venu, ie pris
congé de mon homme ſans dire mot : & ſortis de Madrid, Or Dieu qui ne vouloit pas
que ie demeuraſſe ſeul, de peur d'cſtre

en mauuaise compagnie , me fit rencontrer vn
soldat, dont ie m'accostay : nous sismes les compliments, & les saluts ordinaires : puis il me demanda si te venois de la Cour. Ie n'y ay esté qu'en
passant, luy respondis-je : aussi n'y faut pas se-
journer d'auantage, dit il, auec vne mine dédai-
gneuse : ce n'est qu'vne demeure de veillaques , &
de poltrons, par la mort &c. i'ayme mieux pour
mon regard estre à vn siege , dans la neige iusque
à la ceinture , & ne manger que du bois , que de
souffrir les supercheries , & les fourbes qu'ils ont
fait là , à vn homme de bien. La dessus ie luy sis
responce , qu'il y auoit de toutes sortes d'esprits
dans la Cour , & des hommes qui sçauoient fort
bien reconnoistre ceux qui estoient genereux
& de merite. Comment diable : cela pourroit il estre ? dit il , veu que j'y ay demeuré
six mois , à requerir, & pourchasser vn meschant drapeau, apres, vingt années employees
à porter les armes , & auoir respandu mon
sang en plusieurs occasions pour le seruice du
Roy , comme il paroist par ces blesseures.
Disant cela, il auale ses chausses , & me montra ses deux aines ou il y auoit plusieurs cica-
trices de furieux coups de faulcons , qu'il
auoit eus : lesquels il me vouloit faire passer pour des coups d'espée , cela fait , il
me montra le derriere , Voyez , dit il , voila
trois coups de pistolet pour m'estre trouué
enuironné de mes ennemis pour l'honneur de ma
patrie , & lors il me montra trois coups gueris,
qui estoient en vne distance si égale , & en

si iuste parallele , que ie creus certainement que
c'estoit d'vne fourchefiere de quelque paysan,
qu'il auoit receus en fuyant : & ie pouuois bien
iuger de ces coups-là , car i'en auois eu vne semblable atteinte ; puis il leue le chapeau: & me
montra vn visage qui chaussoit à seize points à
bonne mesure: car i'en contay autant sur vne
grande balafre qui luy trauersoit la face, & luy
coupoit le nez en deux comme vn Turquet : i'ay
receu ce coup là dans Paris, au seruice de Dieu
& du Roy : dequoy toutefois ie n'ay receu que
des belles paroles : qui tiennent lieu de mauuaifes œuures. Lisez ces papiers là, ie vous en prie,
car par la teste, &c. il n'y a point d'homme qui
soit ie me donne au diable plus signalé que moy.
Il auoit raison : car il auoit d'espouuentables signes sur la trongne. Alors il tira de ses chausses
vne certaine boitte de fer blanc, d'où il sortit de
vieux parchemins, qu'il auoit comme ie croy de-
robez à quelqu'autre , dont il auoit aussi pris le
nom : ie les leus par complaisance, puis ie me mis
à loüer sa grâde valeur & dire que le Cid, ny Bernard, deux fameux Capitaines Espagnols , n'a-
uoient iamais merité d'estre comparez à luy
Comment ventre , &c. à moy dit il en faisant vn
pas en arriere, non pas mesmes Garcia de Pare-
des, ny Iulian Romero,ny plusieurs autres hommes de bien , ne peuuent auoir egalé ma prouef-
fe: Il n'y auoit point de canons de leur temps : il
n'y auroit pas, mort, &c. de Bernard pour vne
heure en ce temps cy : Allez vous en vn peu en
Flandres, demandez quel homme c'est que le
Bresche dont , & vous verrez ce qu'on vous en

dira : c'eft peut eftre vous ? luy repondis ie, en
le regardant à la face : Vous y eftes, dit il ne voyés
vous pas bien la grande place de dents, qui me
manquent dans la bouche ; mais ne parlons plus de
cela : il fied mal a vn homme de fe loüer foy mefme.

Comme nous eftions fur ce propos, nous ren-
contrafmes vn Hermite monté fur vn afne auec
vne barbe fi longue, qu'elle luy alloit iufques
aux genoux, le vifage fort pafle & fort extenué,
& veftu d'vne longue robe grife. Nous le fa-
luafmes d'vn *Deo gratias*, à la mode qu'on vze
enuers ces gens là : & nous ayant rendu la pareille, il commença à loüer la beaute des bleds,
& la prouidence de Dieu. Ha mon pere, dit le
foldat, i'ay veu les piques bien plus efpaiffes deffous moy que vous ne voyez ces bleds la : & au fa-
cage d'Anuers tefte &c. ie fis tout ce qu'vn homme de cœur peut faire, & par la mort fi & c. Au
fecond blafpheme, le bon hermite l'arrefta, & le
pria de ne pas iurer dauantage : & le foldat de-
laiffant fon propos interrompu, il paroift bien
bon pere, dit il, que vous n'auez iamais porté les
armes, puifque vous me reprenez ainfi de la chofe la plus recommandable de mon meftier, Ie me
pris à rire de cette refponce, & reconnus bien
à ce langage, que c'eftoit quelque beliftre de
Narquois.

Deuifans ainfi, nous arriuafmes à la defcente
du port, & ce pendant l'Hermite difoit fes Pate-
noftres, auec vn chapelet de boys ; dont les
grains eftoient fi gros, qu'ils euffent fort bien
feru de boulles de mail, & d'autre cofté le fol-

dat comparoit les rochers de ces contours là aux
forteresses & chasteaux qu'il auoit veuz, confi-
derant quel costé estoit le plus en deffence, &
quel lieu estoit propre à planter l'artillerie. O disoit il ! comme ie ferois bien tost voler comme
de la poussiere ces roches là, qui seroit rendre
vn grand seruice aux voyageurs : & cependant
nous arriuasmes à Crecedilla. Nous prismes
logis tous trois ensemble, & demandasmes à souper : on se met à nous l'apprester : & cependant
l'Hermite nous dit, ce ne seroit pas mal fait de
nous diuertir vn peu en attendant le souper, car
l'oisiuité est la mere de tous vices, ioüons des
Pater noster & des *Aue Maria.* Non, mon
Pere, dit le soldat, cette monnoye là est bonne
à iouer parmy les bons Religieux comme vous,
mais iouons seulement iusques à cent reales, ie
mets tousiours cela en reserue pour les hazarder
gayement. Moy qui ouuris les oreilles, desireux
du gain ie dis que i'en iouerois autant, & l'Hermite, pour faire voir qu'il n'estoit point de mauuaise compagnie, dit qu'il portoit les aumos-
nes qu'on luy auoit faites pour l'huile de la lam-
de son hermitage, qui montoient bien à 200.
reales ; quand i'entendis cela, le cœur me bat-
toit desia d'vne impatience que nous ne fussions
au ieu, croyant d'estre la chouette qui deuoit
boire l'huile de la lampe ; mais Dieu vueille que
tous les desseins du Turc puissent reussir comme
cettuy là. En fin nous commençasmes le ieu,
qui fut aux dez & à la chance, & n'y eut rien de
plaisant, comme quand il dit qu'il ne le sçauoit pas, & qu'il nous pria de le luy montrer,

comme nous fimes. Ce bon Beat, nous laiſſa au
commencement tirer quelques-vnes de ſes reales,
mais ſur la fin il nous donna de ſi rudes reuers,
qu'il nous mit an blanc en fort peu de temps, &
ſe fit noſtre heritier auant noſtre mort. A chaque
coup que le ſoldat perdoit, il ſe donnoit autant
de fois au diable, auec vne infinité de iuremens,
& moy ie me mordois le bout des doigts, cependant que l'hermite occupoit les ſiens à tirer noſtre
argent : à meſure que nous parlions du diable, que
nous deteſtions & peſtions contre noſtre mal'-
heur, il appelloit & nommoit les Saints & les
Anges, & quand il nous eut ainſi dupez, & que
le ſoldat en eut pour ſes cent reales, & moy pour
mes ſix cens, nous luy demandaſmes, s'il vouloit
iouer ſur des gages, il nous repartit, la charité Chreſtienne nous deffend d'vſer de cette rigueur là auec des Chreſtiens & prochains. Vne
autre fois, dit il. prenez bien garde quand vous
iouërez de ne plus iurer, d'autant que moy qui
ay pris patience en perdant, ou me ſuis recom-
mandé à Dieu & aux Saints, voyez comme la fortune m'a eſté grandement fauorable. Et parce que
nous n'auions pas le mouuement du poignet, ny
l'intelligence du dé comme luy, nous creuſmes ce
que il diſoit, & lors le ſoldat iura, non pas de ne iurer plus, mais de ne iouër iamais, & moy de meſme. Male-peſte; diſoit il, ie me ſuis ſouuentefois
trouué parmy des Lutheriens & des Mores, mais
Ils ne me traiterent iamais auec telle rigueur & ſi
peu de charité qu'a fait ce diable d'Hermite, cependant l'hypocrite ſe moquoit de nous dans
ſon froc, ayant deſia repris ſon chapeplet.

Moy qui n'auois denier ny maille, ie le priay de
me defrayer iuſques a Segouie : ce qu'il me promit fort fauorablement.

En fin nous nous allaſmes coucher dans vne
grande ſalle, qui reſſentoit fort ſon hoſpital, où
il y auoit quantité d'autres gens, à cauſe que les
chambres eſtoient toutes pleines ; ie me mis bien
au lit, mais le ſouuenir de mes ſix cents reales,
dont l'Hermite auoit pris poſſeſſion, banniſſoit
fort le ſomeil de mes yeux Le ſoldat appela l'hoſte, & luy recommanda ſes papiers, qui eſtoient
dans la boitte de fer blanc, auec vn certain paquet enuelope d'vne vieille chemiſe : l'Hermite
fit ſes ſignes de croix puis nous nous abandon-
naſmes au ſomeil. Durant la nuict, i'entendois
le ſoldat qui parloit de ſes cent reales comme
d'vn mal où il n'y auoit plus de remede, moy
d'autre coſté ie ſongeois à trouuer quelque fi-
neſſe pour rauoir les miennes ce pendant, l'heure
de ſe leuer arriua, & iors le ſoldat cria haſtiue-
ment qu'on apportaſt de la chandelle, ce que la
chambriere fit promptement : puis l'hoſte luy
apporta ſon paquet ſur la table, ſans ſe ſouuenir
d'apporter la boitte quant & quant. Vn peu a-
pres le ſoldat ſe retournant, voyant ſon paquet
tout ſeul, ſe mit à crier comme ſi tout euſt eſté
perdu. Mes affaires, mes affaires: en meſme temps
nous nous miſmes l'Hermite & moy à crier
comme luy, qu'on apportaſt donc ſes affaires:
tellement que nous fiſmes vn tintamarre, qui
eſtourdit ſi fort l'hoſte qui eſtoit accouru, qu'il
s'en retourna ſubitement, & alla querir trois
baſſins de garde-robe. Hé tenez de par le

diable, dit il voila chacun le voſtre. Vous en
faut il danantage? car il croyoit qu'il nous euſt
pris quelque flux de ventre. Ce fut là que le ſoldat ſortit du lict tout en chemiſe, & mettans
l'eſpée à la main, courut apres l'hoſte en iurant
qu'il le tueroit: & le mettroit en cent mille pieces: qu'il le mequoit de luy, qu'il s'eſtoit trouué à
la bataille, nauale de ſainct Quentin, & en pluſieurs autres, & qu'il luy apportoit des baſſins
de chaire percee, au lieu de ſes affaires & de ſes
papiers, qu'il luy auoit baillez en garde, Tout
cela luy fit ſi grand peur, que le cœur luy auoit
failli. Quand tout fut appaiſé, l'Hermite fit vn
trait de liberalité: il paya pour le ſoldat & pour
moy: puis nous ſortiſmes de la bourgade pour
aller paſſer le port. Pour mon regard, i'eſtois
fort affligé de n'auoir ſceu executer mon deſſein.

À peu de diſtance de là nous rencontraſmes vn
Gennois; ie dis de ces Antechriſts, des monnoyes d'Eſpagne, qui auoit vn valet de chambre
apres luy: il portoit vn paraſol, & par ainſi teſ-
moignoit d'eſtre quelque homme riche. Nous
commençaſmes conuerſation auec luy, de laquelle il portoit tous les diſcours, aux termes de ban-
que & de change, car c'eſt vne nation, qui eſt à
mon aduis, parente de Iudas, car ils ne parlent
que de la bourſe. Il ſe mit à parler de Bizance, à
ſçauoir s'il y auoit ſeureté ou non de bailler de
l'argent à Bizance, & nomma ſi ſouuent Bizance que le ſoldat & moy luy demandaſmes, qui
eſtoit ce Caualier là. Il ſe mit à ſouſrire, & nous
reſpondit que c'eſtoit vne ville d'Italie où s'aſ-

fembloyent les hommes de negoce (que nous ap-
pellios en Efpagne pipeurs de plume) pour mettre le pris aueclequel en traffique des monnoyes:
& de fa refponce, nous apprifmes que Bizance
eft le lieu où les tailleurs des monnoyes prennent
leurs mefures. En cheminant, il nous conta qu'il
eftoit perdu pour vne banqueroute en laquelle il
auoit plus de foixante mille efcus : & ce qu'il difoit, l'affermoit par fa confcience, combien que
pour mon regard ie croye que la confcience entre marchands c'eft comme vn pucelage, dont vne
maquerelle trafique, qui fe vend fans fe liurer Il
n'y en a quafi pas vn qui ait de la confcience, car
ayant ouy dire qu'elle mord, ils l'ont laiffee en
naiffant auec leur nombril.

En ce bel entretien nous arriuafmes à la venuë
de Segovie, dont l'objet fut tres agreable à mes
yeux : mais la memoire des tourmens foufferts
chez Ragot, amoindriffoit beaucoup mon contentement.

En approchant de la ville, i'apperceus mon pere fur le grand chemin qui attendoit compagnie:
cela me fit grande compaffion : ie ne fis pas pourtant femblant de rien : ie quittay ceux auec qui
i'eftois, & m'en allay refuant commét ie pourrois
auoir des nouuelles de mon oncle. I'entray donc
comme incónu, parce qu'il m'eftoit venu vn peu
de barbe: & d'ailleurs que i'eftois affez bié veftu.
Ie demanday à plufieurs perfonnes ou demeuroit
le feigneur Grimpant: mais chacun me répondoit
qu'il ne le connoiffoit point. Ie fus grandement,
reffiouy de voir tant d'hommes de bien dans ma
patrie ; & comme i'eftois en cette peine là , i'ap-

perçoy venir vne infinité de canailles , qui cou-
roient en regardant derriere eux:ie me range cõme les autres personnes , & voicy venir plusieurs Archers , & autres Officiers de Iustice, &
au milieu d'eux vne perchee de penitens contre
leur gré à demy nuds , & mon oncle apres eux ,
auec des esmouchoirs aux deux mains , dont il
espoussetoit leurs espaules de peur des guespes:
ie me trouuay si prés de son chemin , qu'il m'apperceut incontinent. O mon neueu ! s'escria il en
m'embrassant,tu n'as qu'à m'attendre icy. ie m'en
vay faire vne promenade auec ces Messieurs, &
puis ie te viens treuuer , pour te mener disner a-
uec moy. Ie pensay mourir de honte de cette caresse , car il s'arresta plus de populace à me regarder , qu'il n'y en auoit à la suite de ces pauures
suppliciez : & si ie n'eusse eu mon heritage à tirer
de ses mains,ie dis l'argent quemon pere m'auoit
laissé, afin qu'on entende bien , ie m'en fusse allé
dés cette heure là de la ville, pour n'y retourner
iamais : mais ie ne pûs moins faire , que de luy
promettre que ie l'attendrois là , comme ie fis ,
& son affaire estant faite,il me vint querir,& me
mena chez luy.

Le courtois accueil que Buscon receut de son
oncle la bonne chere qu'il luy fit en sa maison , & comme apres auoir recueilli
sa succession , il quitta sa compagnie.

E venerable oncle auoit sa maison
aupres de l'escorcherie des Bouchers
qui est le lieu le plus infect & le plus
sale de la ville Ce n'est pas icy vn
palais, me dit il entrant dans son lo-
gis: mais ie vous asseure mon neueu, qu'il est fort
cõmode pour mon office. Nous montasmes en sa
chambre par vne eschelle: & dés que ie mis le pied
dessus ie regarday en haut , craignant qu'il ne
m'atriuast quelque desastre, car il sembloit que ce
fust le chemin de la potence: Nous entrasmes dãs
vne chambre dont le plancher estoit si bas, qu'il
nous y faloit aller de la mesme posture, que ceux
qui attendent des benedictions , c'est à dire la
teste inclinee sur le ventre. D'abord ie vis vn ra-
telier garni de tous les outils de son mestier, des
fouëts , des cordes , des espees , des cousteaux, &

des fers à imposer les marques Royáles. Iamais
criminel qu'on met en galere ne fut plus estonné
ne plus honteux que moy, de voir tous ces beaux
meubles.. Il me demanda pourquoy ie n'ostois
pas mon manteau, & pourquoy ie ne m'assiois
pas? ie luy respondis que c'estoit ma coustume
de demeurer ainsi. Vous auez esté bien fortuné,
dit il de m'estre venu voir auiourd'huy, car vous
ferez bonne chere, il y a quelques vns de mes
amis qui doiuent venir disner auec moy. Comme
il disoit cela, voicy entrer vn certain homme portant vne grande robbe tannée, de ceux qui vont
questant pour les ames de Purgatoire :& en ho-
chant sa boiste de queste, il dit à mon oncle: Les
ames m'ont autant valu auiourd'huy, comme à
toy les fustigiez. Disant cela, il met sa boiste à vn
coin ?& trouuant sa robe me fit voir des jambes
faites comme vn y grec planté à contremont: puis
il se mit à danser & à sauter: La Rapiere n'est
donc pas encore venu, dit il; Non, luy respond
mon oncle. Là dessus Il entra vn grand paillard à
genoux dans cette chambre, parce qu'il etoit
trop grand, ou la chambre estoit trop basse: il
auoit vn visage de Màrgajat noirastre & fort
camus, vn chapeau haut comme vn pot à beurre
& des bords si larges, qu'ils eussent pû couurir
quatres hommes de la pluye, vne épee à son costé
auec plus de pas d'asnes qu'il n'y en a autour
d'vn moulin. Il ne fut pas plustost entré, qu'il
s'assit. Il faut auoüer mon parrain, dit il à mon
oncle, que vous auez accoustté auiourd'huy vos
penitens en enfans de bonne maison. Alors le
questeur pour les ames prit la parole, & dit, ce

R

sont des beliftres , qui n'auoient pas dequoy
payer vne courtoisie : ie donnay quatre ducats à
Flechille le fustigateur d'Ocaigne , pour me
traiter en amy, comme il fit, quand on me fit faire la pourmenade. Pour mon regard dit l'autre,
ie ne plaignis pas l'argent à Lobrene , quand il
me fit faire la mesme chose à Mourcia : & si le
veillaque me fit bien sentir, que quelqu'vn qui
auoit plus de credit que moy , m'auoit recom-
mandé à luy. Ces Officiers là , repart mon oncle, sont gens sans honneur : ils ne me ressemblent
pas : car quand on capitule auec moy : lors ie
me sçay fort bien acquiter de mon deuoir. I'ef-
coutois tous ces discours là auec la plus grande
vergongne que l'on sçauroit imaginer, dequoy
ce grand escornifleur de gibet s'apperceut, disant, est ce pas cét honneste homme qui passa
le dernier marché par vos mains ? Non , non
luy respond mon oncle , c'est mon neueu ,
qui est maistre és Arts en Alcala , & fort
sçauant, Il me demanda pardon , & m'offrit
toutes sortes de seruices , dont ie le remerciay de bon cœur , car c'estoit vn compagnon du mestier de mon oncle , qui luy aidoit
quand il en auoit besoin. Cependant i'enrageois
de faim & d'enuie de tirer vîtement mon
argent de mon oncle, & m'enfuir de sa maison. En fin ils mirent sa nape ? puis ils deualle-
rent par la fenestre, vne corde qui me sembloit
auoir plus de 20. brasses , où estoit attaché vn
vieux chapeau , comme font les prisonniers qui
demandent l'aumosne , dequoy ils tirent quatre
ou cinq plats de terre , & de bois , cherchez

& à demi casser, ou il y auoit plusieurs sortes de
mets friants, comme des trines, des testes de
mouton, du salé & des cernelats, ie pensois que
ceste corde descendist iusques aux Antipodes
mais j'apperceus que tous ces biens là leur venoient d'vne tauerne qui estoit dans vne caue
au pied de la maison de mon oncle : cela fait: ils
iettent encore leur ligne & pescherent vne demie douzaine de bouteilles qui tenoient plus de
deux quartes chacune, voilà vn bon coup de filet
dis ie alors en moy mesme.

Ils se mettent à table, & font mettre au haut
bout le benoist Questeur : puis les voila à boire,
& à aualer plus de raisons qu'il n'en pouuoit
sortir de leur bouche : il ne se parloit point là
du déluge, car ils n'auoient nulle memoire de
l'eau;en fin ils farcirent si bien leurs ventres, que
leur mangeaille & leur breuuage leur enuoya
des vapeurs au ceruean qui leur ébloüissoient la
veuë ; ils voyoient des choses qui n'estoient
point sur leur table : car le Questeur print vn plat
de tripes fricassées qui nageoient dans vne saus-
se noire comme de l'ancre, se figurant que
c'estoit vn potage, il le prit à deux mains pour
le humer, en disãt que la proprieté estoit vne belle chose, & le pensant auoir mis dãs sa bouche,
il le versa moitié dans le sein, & moitié dehors par
dessus ses habits, & se voyant en cét estat là il se
leue de table pour se nettoyer, mais sa teste estoit
si pesante que le reste de son corps ne pouuoit faire le contrepois, si bien que dés la premiere dé-
marche qu'il fit, il donna du nez en terre & vouloit prendre vn coin de la table, il la renuersa sur

les des autres: Mon oncle ſe voulant leuer, qui
eſtoit auſſi eſtourdy de vin, tomba ſur ſon compagnon
d'office, lequel ſe voyant pluſtoſt à bas
qu'il n'y auoit ſongé demanda à mon oncle pourquoy
il le pouſſoit ſi rudement, & ſi c'eſtoit ainſi
qu'il falloit traicter ſes hoſtes? & diſant cela, il
amaſſa vn os de jambõ qu'il trouua ſous ſa main
pour en aſſommer mon oncle, qui eſtoit eſtendu
tout de ſon long, ſans ſe pouuoir remuër : mais
comme il fut leué ſur les genoux, il leue le bras,
& au lieu de le fraper, il luy vomit toutes les garnitures
de ſes tripes ſur le viſage.

Pour mon regard ie ne m'aſſis point à table,
ie pris ſeulement vn morceau de pain, & vn peu
de vin : car j'eus tant de dégouſt de leurs viādes,
& de leur ſaleté, qu'il me fut impoſſible de manger
auec eux : i'eſtois donc en eſtat de ſecourir
mon oncle, comme ie fis, mais non ſans grande
peine, ie luy aiday à ſe releuer, & à ſe mettre ſur
ſon lit, ayant humblement fait la reuerence, &
donné le bon ſoir à vn poteau qui eſtoit au milieu
de la chambre croiant que ce fut vn de ſes
conuiez. Les deux autres cependant s'eſtoyent
endormis ſur le plancher. Comme ie les vis tous
dans le ſilence : ie ſortis de la maiſon pour reſpirer
l'air, & m'oſter de toutes ces infections. Ie me
diuertis à me pourmener tout le ſoir par la ville à
reconnoiſtre ma patrie. Ie paſſay par deuant la
maiſon de Ragot, ou i'apris les nouuelles de ſa
mort, ſans me ſoucier beaucoup dequoy elle e-
eſtoit aduenuë, ſçachant bien que la mort de faim
auoit vn grand empire chez luy. Au bout de
quatre heures de promenade, ie m'en retour-

nay au logis, ie trouuay vn de la compagnie qui
rampoit à quatre pattes par la chambre , cher-
chant la porte , & crioit qu'on auoit emporté la
chandelle: ie luy aiday à se leuer, & laisser dormir les autres , qui ne s'éueillerent que sur la
vnze heures , l'vn en s'étendant & baaillant, demanda quelle heure il estoit ; mon oncle qui n'a
uoit pas encore écorché le Regnard, luy répon-
dit qu'il n'estoit que midy, & qu'il falloit attendre que la grand'chaleur du iour fust passee pour
sortir : Le Questeur print sa robe, il pense chercher la porte pour s'en aller, & il trouue la fenestre ? & voyant les estoilles venez voir venez
voir, cria t'il aux autres , le Ciel est estoillé en
plein midi , il ya eu aniourd'huy vne grande
Eclypse : mon oncle & son compagnon firent des
signes de croix & baiserent la terre , prians
qu'ils fussent garantis de tout maleneontre. Ie fis
tout ce qui me fut possible pour prendre patience
iusques au iour , & lors chacun de ces hostes
s'en alla.

Me voiant seul auec mon oncle , qui auoit vn
peu repris ses esprits , ie le mis sur le propos de
ma succession , & comme il entendoit fort peu
son entregent , il me falut auoir beaucoup de
peine à le reduire au poinct où ie le voulois a-
mener ; à la fin , y il vint ; mais pourtant auec
quelque retenue, puis que ie ne pus tirer de luy
que trois cents ducats des quatre cents que mon
pere m'auoit laissez, & qu'il auoit acquis par des
subtils moiens, lesquels il auoit baillé en garde
à vne femme d'honneur , qui seruoit d'ombreaux

R 3

larcins qui se faisoient à dix lieuës autour de
Segovie, laquelle nous allasmes trouuer chez
elle, me faisant mille caresses, souhaitant que ie
fusse aussi habile homme que le deffunct. Les ducats furent contez & liurez en belle monnoye, &
mon oncle me voyant prendre possession de mon
heritage : Mon nepueu, me dit il, vous auriez
grand tort de mal employer cet argent là, si ie
ne vous connoissois homme d'entendement, &
que vous aurez tousiours memoire des gens de
bien, dont vous estes issu ; ie n'aurois garde de
vous le mettre entre les mains, mais le voilà,
si vous le sçauez bien ménager, vous vous pouuez asseurer d'auoir part aussi en mon labeur.
Ie luy rendis graces de ces belles offres, & apres
auoir payé le goûter chez ma tresoriere, nous
retournasmes mon oncle & moy en son abomi-
nable logis, où nous ne fusmes pas plustost
entrez, que son compagnon d'office arriua, à
qui mon oncle conta l'affaire que nous auionsfait
te. Il m'en falut encore payer le vin. Ie voyois au
visage du drôle, & à ses discours, qu'il faisoit quelque conspiration contre ma bource: mais
par bonne fortune, apres que ie les eu fait boire le plus abondamment qu'il me fut possible,
mon oncle & luy, ils s'endormirent sur la table, Voyant cela, ie ne perds point de temps:
ie me leue, ie sorts doucement comme sort res-
pectueux, & les enferme dans la chambre : ie
iette la clef par vne chatiere qui estoit à la porte
& m'en allay prendre logis bien loin de là, en
vne tauerne, en attendant quelque commo-

dité pour m'en aller à la Cour, mais pour garder
le *decorum*, qui est vn mot que i'auois ouy dire au
pays Latin , parmy la nation pedantesque , ie
m'aduisay de faire vne lettre à mon oncle, & luy
rendre raison de ma subite desparution. L'ayant
faite, ie m'en retourne chez luy, où ie trouuay le
mesme silence que i'ay auois laissé, & les vis encor
en la mesme posture ie iettay ma lettre par la chatiere, en laquelle estoient contenuës ces paroles.

LETTRE DE
Buscon a Grimpant
son Oncle.

ON ONCLE , *Apres la
grace que Dieu m'a faite d'o-
ster mon pere de ce monde par
vne mort honorable, & d'auoir
reduit ma mere en vn lieu d'où*
elle ne peut attendre qu'vne pareille fin , il ne
me restoit plus que de vous voir faire sur autruy l'exercice de vostre mestier : ie l'ay fort
soigneusement consideré, & de là i'ay fait vne

forte refolution d'eftre l'vn de ma race , car ie
n'en puis pas eftre deux , qui affayeroit à me garentir de vos atteintes , & mefme de voftre
prefence. Ne vous fouuenez donc non plus de
moy que ie feray de vous , & n'efperez iamais de me voir , fi d'auenture l'orage de mes
mal'heurs ne me iette par force entre vos
mains.

❦❦❦❦❦❦❦❦❦❦❦❦❦❦❦❦❦❦

Buscon s'en retourne à Madrid , & s'accoste
par le chemin d'vn prédescaux, qui
se disoit estre Cheualier d'vn
Ordre appellé l'Industrie.

TOutes choses me succedoient a-
lors fort heureusement : à mon
retour ie trouuai qu'vn charre-
tier estoit venu loger en mon
hostellerie , qui menoit quelque
bagage à Madrid : il auoit vne asne , qui me
loüa : leme leue de bon matin , & vais attendre à
la porte de la ville : il vint incontinent apres , &
ie commençay mon voyage en detestant ma parenté, & me representant la colere, la rage & les
maledictions que mon oncle & son associé vomi-
rent contre moy , quand ils leurent ma lettre,

Cependant ie talonnois la barbe de Sancho
Pança , l'Escuyer de Dom Quichote, souhaitant
passionnément de ne plus rencontrer personne
en mon chemin, de peur de faire naufrage, quand
j'apperceus de loin vn ieune homme , qui sembloit estre vn tiercelet de noblesse, à pied , botté
& esperonné, vn grand collet de passement , son
manteau sur l'espaule du costé du montoir, son

espee en baudrier, & vne gaule à main, comme s'il se fut pourmené & qu'il eust attendu quelque compagnie. Ie m'imaginay auſſi toſtque c'eſtoit quelque Caualier qui auoit laiſſé ſon train derriere lui. Ie l'aborde en le ſaluant: il me regarde, & me dit, Peut eſtre, Monſieur le licencié, que vous allez à la Cour. Il eſt vrai Monſieur, lui reſpondiſ-je: vous auez la mine, dit il, ſur ceſte monture là d'eſtre moins las que moy, auec tout mon équippage. Ie creus qu'il vouloit parler de quelque carroſſe qui le ſuiuit. Ie trouue plus de commodité, luy reſpondie je, d'aller ſur ceſte beſte ci, que dedans vn carroſſe; ie ne la changerois pas à l'aiſe que vous penſez auoir dans le voſtre, car le branſlement & les cahos me font tourner la teſte.

Qu'appellez vous le voſtre? dit il, à qui vous iouëz vous? il s'émeut vn peu à ceſte parole, & ſe retournant vers moy auec quelque vehemence & parce qu'il eſtoit attaché tout à l'entour d'vne ſeule aiguillette, qui deuoit encor eſtre fort vieille, ſes chauſſes lui tomberent ſur les genoux, ſa chemiſe eſtoit ſi courte, qu'à peine lui pouuoit elle cacher le bas du ventre. Il ne les peut ſi toſt releuer ni s'enuelopper de ſon manteau, que ie ne viſſe toutes ſes plus ſecrettes affaires: ce qui m'obligea à faire ſemblant d'eſternuer, & boucher de mon mouchoir, pour eſtouffer vn eſclat de rire qui me ſurprit & luyqui ne ſçauoit à qui auoir recours, me pria de luy preſter vne aiguillette, Monſieur, li y dis ie, ſi vous n'attendez vos gens, vous eſtes en danger de demeurer long

têps en cet estat là, car ie ne vous sçautois aider,
estant attache vniquement aussi bien que vous.
Si vous auiez dessein de vous mocquer de moy,
me respondit il, vous pourriez bien passer vostre
chemin, car ie ne sçay ce que vous voulez dire de
carrosse, ny de gens. En fin au bout de demi lieuë
que nous allasmus ensemble, il s'expliqua si bien
eu matiere de pauurete, qu'il me fit connoistre
que si ie ne lui faisois la faueur de le laisser monter pour quelque temps sur mon asne, qu'il ne lui
estoit pas possible d'arriuer à la Cour, tant il
estoit lasse d'aller a pied, & de tenir ses brayes
en ses mains. Ie fus esmeu de compassion, ie mis
pied à terre, & luy aiday à monter. Il n'en fust
iamais venu à bout sans secours : il ne se ponuoit
aider que d'yne main, car l'autre luy seruoit
d'aiguillette : mais ie fus fort espouuenté en luy
rendant ce bon office la : ses chausses estoient si
rompuës, que ie luy sentis le cul tout à nud sur
ma main : Luy qui s'aperceut de ce que i'auois reconnu, prit la parole comme discret qu'il estoit,
& me dit, Monsieur le Licentié, tout ce qui re-
luit n'est pas or, vous auez creu d'abord en me voyant auec ce grand colet de passement, que ie
fusse quelque Comte de Gascongne : mais sçachez
qu'il y a quantité d'honnestes gens au monde, qui
sont aussi à découuert que moy. Ie fis tout ce qui
me fut possible pour l'asseurer que ie ne sçauois
de quoy il me parloit : Comment, dit il, n'auez
vous rien veu ? cela ne se peut faire, car on peut
voir fort aisémét tout ce que ie porte ie ne cache
rien à personne. Vous voyez vn Gentilhomme de
vilage, que si la Noblesse me maintenoit comme ie
la maintiens, il n'y auroit rien au monde à desirer

pour-moi. Mais Monsieur le licencié , nous sommes en vn siecle , où sans pain & sans chair on ne peut soustenir ni maintenir la noblesse : & l'on n'oseroit se dire Gentilhomme en l'estat que ie suis? car il n'y a point de gentillesse parmi la misere. Ie ne fais plus de cas des lettres de noblesse, depuis qu'vn iour me trouuant bien tard à ieun, on me refusa dessus vn pain & vn demi septier de vin en vne tauerne : i'ay vendu tout ce que i'auois dedans le monde pour subuenir à mon entretien, car le bien de mon pere qui s'appelloit Don Torronio Rodriguez Bellojo, Gomez , d'Ampoüero fut perdu pour auoir cautionné & répondu pour autrui : il n'y a que le Don qui m'est resté à vendre) Don est vne addition que les Caualiers Espagnols mettent à leur nom) mais ie suis si malheureux , que ie ne trouue personne qui le veuille acheter, d'autant que ceux qui ne sont pas de qualité pour le mettre deuãt leur nom, ils le mettant derriere , comme Coridon , Bourdon, Gaillardon , Gueridon, Randon, Brandon, & plusieurs autres de pareille terminaison. l'aduoüe qu'encore que les calamitez de ce pauure Seigneur me semblassent ridicules , ie ne laissois pas pourtant de trouuer beaucoup de diuertissement en sa cõpagnie. Ie lui demandai comment il s'appelloit , où il alloit, & pour quelles affaires. Il se nõma de tous les noms de son pere, encore y adiousta il ceux ci de Gardan , & de Iourdan , si bien qu'en l'escoutant parler , il m'estoit aduis que i'entendois vn brimbalement de cloches , din , dan, don. Il me dit qu'il alloit à la Cour , pource, disoit il quil conuient mal à vn homme de condi-

tion comme moy, de demeurer au village, & puis
pour vous dire le vray. ie ne m'informe pas fi le
beurre ou l'huile font chers, car ie n'ay pas dequoy frire: c'eft pourquoy iem'en vais à la partie
commune de tous les braues, en vn lieu où font
les franches lippées, & ou il y a des tables cou-
uertes & ouuertes pour des eftomachs auentu-
riers, qui cherchent midi où il n'eft qu'vnze heures : c'eft mon vrai fejour, car ie ne manque iamais là d'auoir cent reales en bourfe, de trouuer
gifte en plufieurs lieux, & de paffer mon temps
en toute volupté. En fin ie me ferts fort dextrement du prouerbe Italien:

> C'il arte e co' g'inganno
> Se vine' mezzo l'anno
> Cog'inganno e co'l'arte
> Se vine l'altra parte.

En effet l'induftrie eft vne vraie pierre philofo-
phale dans la Cour, elle change en or tout ce qu'elle touche.

l'eftois raui d'entendre ces difcours là & pour
m'entretenir par le chemin, ie le priay de m'apprendre par quels moiens & pratiques ceux qui
n'auoient que l'efpée & la cape comme lui pou-
voient fubfifter dans la Cour, veu que la plus
grand part des Courtifans n'ont pas encore affez de leur bien propre pour y viure, mais ils tafchent encofe de manger celui d'autrui. Il y en a
de ceux là, & d'autres auffi, me refpond il: mais
la flatterie eft la clef principale, & ie paffe par-
tout pour entrer dans les affections de ces gens-
là: & afin de vous mieux inftruire de ma vie, ef-
coutez le recit que ie vous vais faire.

Le Cheualier de l'induſtrie conte l'exercice de ſa vie a Buſcon, & lui donne enuie d'eſtre de ſon Ordre.

Ovs deuez premierement ſçauoir que la Cour eſt comme l'Arche de Noé : il y a de toutes ſortes d'animaux, de bons & de mauuáis, des ſots & des ſages, que les bons y ſont fort rares , & les meſchans fort difficiles à connoiſtre , parce qu'ils ſe déguiſent parfaitement bien. Bref c'eſt là qu'on trouue les extremitez de toutes choſes. Il s'y rencontre auſſi vn certain genre de perſonnes , de l'ordre deſquels ie ſuis , qui n'ont ny meubles ny immeubles preſent ny à venir. Nous nous appellons en general Caualiers de *l'induſtrie* , & parce qu'il y en a de pluſieurs eſpeces, nous auons des noms particuliers pour les donner à connoiſtre, les vns ſe nomment les Egrillats, les autres les Matois , les autres Filoux , les enfans de la Mate, les Rampants , les Agrippes & pluſieurs autres noms qui denotent leur profeſſion. Nous auons pris ce titre d'Induſtrie , parce qu'elle eſt noſtre guide & noſtre gouuernante. Noſtre viande plus ordi-

haire c'est celle des Cameleons , car nos esto-
macs ne se repaissent bien souuent que de vent,
car c'est vn grand trauail ; quand il faut tirer sa
noutriture de la cuisine d'autruy. Nous sommes
l'effroy des banquets , la vermine des tauernes, &
les conuiez par force:neantmoins nous nous entretenons & viuons contents. Nous sommes gens
qui ne mangeons qu'vn oignon , & nous ferons
mine auec vn curedent en la bouche d'auoir
mangé vn chapon Si quelqu'vn nous vient visiter
chez nous , & qu'il trouue nostre chambre pleine
d'os de mouton , ou d'oiseaux , quelques pelu-
res de fruicts , la porte ionchée de plumes ou de
peaux de lapins , lesquelles choses nous amaf-
fons la nuict par les ruës pour nous en honorer le
iour, nous faisons semblant de crier : Est-il pos-
fible , disons nous , que ie ne puisse gagner cela
fur mes gens d'estre plus propres qu'ils ne font;
Excusez s'il vous plaist , Monsieur , c'est que
i'ay eu compagnie auiourd'huy, & ces meschans
valets , &c . Ceux qui ne nous connoissent pas
croyent que nous disons vray:Mais que vous diray je denos franches lippees chez autruy? Quand
nous auons parlé seulement la moitié d'vne fois
à quelqu'vn , nous nous appriuoisons auec luy,
nous apprenons son logis, & à l'heure du disner
nous l'allons visiter , & disons que l'inclination
que nous auons à l'honorer & le seruir , nous
oblige à cette visite; que uous sommes charmez
de son esprit & de ses vertus qui font incompara-
bles. S'il nous demande si nous auons disné &
qu'ils s'aille mettre à table, nous disons que no'n,
& s'il se trouue qu'il en fut desia sorti , nous ref

pondons que s'en est fait : s'il nous conuie, nous
n'attendons pas qu'il le reytere pour la seconde
fois , parce que pour telles , attentes, nous nous
sommes souuent trouuez apres disner, quoy que
nous fussions à ieun Quand nous sommes à table, encore que nostre hoste sceust fort bien enta-
mer les viandes , nous luy disons afin de prendre
occasion d'engloutir quelque bon morceau:bail-
lez , baillez moy Monsieur que ie vous serue s'il
vous plaist d'escuyer trenchant : il me souuient
Monsieur vn tel,que Dieu veuille auoir son ame,
& lors nous nommons quelque Duc ou quelque Marquis deffunct . prenoit plus de plaisir à
me voir mettre en pieces quelque perdrix, faisan,
ou oyseau de riuiere, qu'à manger.En parlant
ainsi, nous prenons la piece & le cousteau , & la
depeçons. O qu'elle sent bon! disons nous , certes vous feriez grand tort à vostre cuisinier de
n'en pas gouster :O le gentil garçon:Et par ainsi
nous banissons nostre famine.

Si d'auenture ces rencontres là nous manquent,nous auons recours à la marmite de quelque Conuent,faisant acroire à celuy ,qui distri-
buë la soupe , que nous allons la plustost par deuotion que par necessité. C'est encore vne chose
plaisante de voir vn de nous autres dans vne A-
cademie du ieu : nous sommes les plus seruiables
gens du monde ,nous mouchons les chandelles,
nous allons querir le pot de chambre , & van-
tons la bonne fortune de celuy qui gaigne , &
tout cela pour vne reale qu'on nous donnera.
Pour ce qui est de nos habillemens,nous sçauons
fort bien l'vsage de la friperie: & comme il y a
                                                    en

en plusieurs lieux l'heure pour faire l'oraison,
nous l'auós aussi entre nous pour racoutrer nos habits.

C'est vn passe temps nompareil de voir la diuersité des choses que nous faisons, & comme
nous tenons le Soleil pour ennemy declaré, parce qu'il accuse nos rapetasseures & rauauderies:
nous nous escarquillons au matin au soleil, & en
baissant la teste nous voyons à terre l'ombre des
filets & des pendeloques qui se laschent & se
détachent à force d'vsure : puis auec des cizeaux
nous faisons la barbe à nos chausses ? & d'autant
qu'elles s'vsent tousiouts plus entre les iambes
qu'ailleurs, nous coupons gentiment des pieces
aux regions de detriere, pour en reparer les
bréches des contrees de deuant, de sorte que
nous nous gardons bien apres de quitter nos
manteaux comme aussi de monter sur des eschel-
les ou sur des arbres, si ce n'est par force. Dauantage nous estudions des postures contre la
clarté, en plein iour, nous allons les iambes
serrees, & faisons la reuerence sans déjoindre
les genoux d'ensemble, de peur qu'en ouurant
les iambes, on n'apperceût l'ouurage de nos
chausses percees à iour. Au reste il n'y a point
d'habillement sur nous qui n'ait iadis esté quelque autrechose, & dont on ne puisse faire vne
genealogie. Vous voyez bien ce manteau que ie
porte il descend en ligne directe d'vne couuerture de mulet, qui estoit fille d'vn tour de lict en
housse : mes chausses ont esté engendrees de trois
chaires percees de drap verd, qui auoient pour
grand-pere vn parauant, & mon pourpoint est

fils d'vne contre porte à vn huis, qui eftoit iffue
d'vne garniture de jeu de billatt, & qui fera dans
peu de temps conuerty en femellés de bas de chauf-
fes.

Nous apportons auffi vn grand foin à nous ef-
loigner des chandelles, quand nous nous trou-
ront les foirs en quelque compagnie, de peur
qu'on ne découure comme nos manteaux font
chaunes & raz, car on auroit autant de peine à
tondre deffus que fur vn œuf, C'eft le piaifir du
Ciel de nous donner de la barbe, & la dénier à
nos habillemens. Nous prenons garde auffi de ne
point frequenter les maifons qui font affectées à
chacun de nos compagnons, de peur de nous entre
nuire : & cela eft caufe que nos ventres font quelquefois trauaillez de ialoufie. Nous fommes te-
nus d'aller à cheual vne fois le mois, ou bien fur
quelque poulain, il n'importe, & en carroffe vne
fois l'an : & lors que cela arriue, nous effayons
d'auoir placé à la portière, afin de nous faire
voir à tous ceux de noftre connoiffance, qui fe
rencontrent par les ruës : & pour cét effect nous
tenons tout le corps hors du carroffe, afin de ne
perdre point l'occafion d'eftre veus. Si d'auenture il nous demange en quelque endroit, & que
le remuent de pouilly nous importune, nous a-
uons des inuentions pour nous grater deuant le
monde fans qu'on s'en apperçoiue : nous contons
quelque combat, & difons qu'vn tel foldat de
noftre connoiffance eut vn coup fauorable qui le
trauerfoit d'vne telle partie de corps en vne autre, & lors nous la montrons en portant la main
en ce lieu là, & par ainfi nous fatisfaifons

à nostre necessité. Si cela nous arriue à l'Eglise, &
que la demangeaison soit sur l'estomach, nous disons le S. Vus, encor que ce ne soit que l'Introibo,
si c'est par derriere, nous nous serrions contre vn
pillier, & faisant semblant de regarder quelque
chose par dessus les autres, nous nous éleuons sur
la pointe du pied, & de cette façon nous nous
grattons à nostre aise. Pour ce qui concerne la
menterie, il faut sçauoir que la verité ne se trouua iamais en nostre bouche, nous faisons tousiours entrer quelques Ducs & Comtes dans nos
discours, dont les vns sont nos parens, & les autres nos amis, prenant toutefois garde que ceux
dont nous parlons soient morts, ou bien fort é-
loignez. Et ce qui est de remarquable entre nous,
c'est que iamais nous ne deuenons amoureux que
de bene iurando, d'autant que nostre ordre nous
deffend expressément de prendre accointance auec
les Dames qui demandent plustost que de donner,
pour belles & grandes qu'elles puissent estre : de
sorte que nous ne carressons que les cabaretieres
pour les repuës, & les hostesses pour les logemens
& ainsi de toutes celles dont nous pouuons tirer
des commoditez. Or sus vous voyez bien cs bot-
tes là, & vous croyez que ie sois fort bien chaussé
par dessous ; mais vous vous trompez, car ie suis
botté & à crud & à nud : & quiconque verroit ce
colet, penseroit que ie ne deusse pas manquer de chemise : mais pour vostre regard, vous sçauez bien
desia ce qui est : toutefois vn Caualier peut estre
denuée de ces choses là, mais non d'vn colet, d'autant que cela sert d'ornement à la personne. En fin

S 2

Monſieur le Licencié vn Caualier de noſtre Ordre pour eſtre parfait, doit auoir autant de deſ-
fauts qu'vn regiſtre de greffe; il ſe trouue tantoſt
en proſperité auec quelque argent, & tantoſt dans
vn hoſpital auec des poux, & par ainſi nous viuons dans la Cour, & nous y entretenons: celuy
qui ſçait bien faire valoir *l'Induſtrie*, il paſſe ſon
temps comme vn petit Roy.

Iamais homme ne fut plus eſtonné que moy,
entendant la methode de vie du Cheualier, ou ie
pris tant de gouſt & de diuertiſſement, que ſans y
penſer ie cheminay iuſques à Rozas, ou nous lo-
geaſmes cette nuict là. De ſorte qu'il me prit
pour duppe, & fit valoir ſon *Induſtrie*: car il ſe ſer-
uit de ma monture, & me fit aller à pied, & ſi il
me fallut payer le giſte & le ſouper pour luy, car
il n'auoit ny pite ny obole. Ie me ſouuins de tous
ſes diſcours, pour m'en ſeruir en temps & lieu,
car ie ſentois que mon inclination étoit fort portée à la goüinfrerie. Ie luy declaray tous mes deſ-
ſéins auparauant que nous coucher, dont il fut ſi
côtent, qu'il auoit bien cru, que ſon recit eſtoit capable de faire impreſſion en vn homme de bon entendement comme moy. Il m'offrit ſa faueur pour
m'introduire dans la Cour parmy les Confreres
de *l'Induſtrie*, & même dans leur logement : ce que
i'acceptay de bon cœur, ſans luy découurir pourtant que i'euſſe de l'argent, ſinon cent reales, qui
ſuffirent à m'acquerir ſon affection. Le lendemain
ie luy achetay trois eſguillettes de cuir, dont il
s'attacha: de fort bon matin nous partiſmes pour
gaigner Madrid.

Buscon s'en va loger chez les Cheualiers de l'Industrie, l'œconomie qui s'obseruoit là, auec la querelle de deux Cheualiers de cet Ordre.

Ln'estoit que dix heures du matin, quand nous arriuasmes à Madrid : nous allasmes droit au logis des confretes de Don Torriuio, &c. Il heurta à la porte, & vne vieille qui estoit toute habillée de haillons luy vint ouurir : Toriuio luy demanda où estoient ces Messieurs, & elle respondit qu'ils estoient allez busquer fortune : nous entrasmes, & demeurasmes seuls iusques à midy, & le Caualier pour ne point perdre de temps, s'estoit occupé à m'instruire & à me fomenter l'enuie que i'auois à l'ordre. Enuiron à vne heure apres midy, voicy venir vn certain phantosme palpable, vestu d'vne soutane de frise noire qui le couuroit depuis le col iusques à la cheuille du pied, à la mode de ceux qui portent le dueil en Espagne : mon guide & luy parlerent ensemble en iargon de Narquois, d'où s'ensuiuit vne ambrassade qu'il me donna auec mille offres de seruice, & luy ayant fait le contre-compliment, il tira vn

§ 3

grand le secoüant sur la table , en fit sortir enuiron douze ou quinze reales , auec vne lettre , par
la vertu de laquelle il disoit les auoir amassez.
C'estoit vne permission pour quester pour vne
pauure Damoiselle. Ayant vuidé son gand, il en
tira vn autre , & les roula ensemble à la mode des
Medecins : ie luy demanday pourquoy il ne
mettoit pas ses mains dedans: ils sont tous deux
d'vne main , me respond il : & c'est vne industrie
pour auoir des gands qui ne coustent rien.Ie remarquay qu'il tenoit tousiours son mâteau croisé
& fort serré par dessus son estomac , & comme
nonueau que i'estois , ie m'informay de la cause
Mon frere, mon amy , me dit il , c'est que i'ay
vne furieuse tache d'huile par deuant , & vne
grande chatiere sur les espaules , tout cela se
cache sous le manteau. Toutefois au bout d'vn
peu de temps il quitta le manteau pour aller à
l'espoüilloir , c'est à dire esplucher sa vermine :
lors i'apperceus qu'au lieu de chausses il auoit
deux rouleaux de carton qui luy pendoit depuis
la ceinture iusques aux genoüils, si bien qu'il n'a-
uoit ny chausses ny chemise,& ie le trouuay si
nud , qu'il me sembloit qu'vn pou ferré à glace
eust bien eu de la peine à se tenir sur luy.Et parce que chacun découuroit-là fort librement ses
necessitez , mon conducteur luy dit :ie viens de
la campagne auec vn grãd mal de haut de chausse qui auroit bien besoin d'vne ample reparation,
& se tournant deuers la vieille,luy demanda , s'il auoit paint de pieces de drap vert dans
son magazin , car quant elle alloit par la ville,
elle ne manquoit iamais d'examiner les ordu-

res des Tailleurs, comme font les chifonnieres
des papetiers : Il n'y en a, dit-elle, ny vertes, ny
rouges, c'est pourquoy Don Granger garde le
lict depuis quinze iours, parce que ses habits sont
si malades qu'ils tombent par morceaux, & nous
n'auons pas d'emplastres pour les guerir.

Là dessus, voicy entrer vn Industrieux, c'est
à dire vn Cheualier de cet ordre, auec des bot-
tes de campagne, vn habillement gris, & vn
chapeau, dont les bords estoient retroussez des
deux costez, luy me voyant estranger, demanda
qui i'estois, & ayant satisfait à sa curiosité, il
me fit la bien venuë, puis il quitte son manteau,
& ie vis qu'il n'y auoit que le deuant de son
pourpoint qui fust de drap, & que le derriere
estoit de vne toile de chanvre, ie ne me pus tenir de rire d'vn si estrange habillement, il m'apperçeut, & soufriant aussi, la la, dit il, peu à peu
on se fera aux armes. Ie gageray qu'il ne sçait pas
pourquoy ie porte le chapeau retroussé, c'est par
galanterie, luy respondis-je, & pour auoir la
veuë plus libre, au contraire repond-il, c'est contre la veuë, car il y a deux epouuentables taches
de graisse dessus, & par ce moyen on ne les void
pas. Disant cela, il tira plus de vingt lettres &
autant de reales. Mon Guide me dit que l'industrie de ce Caualier là, estoit d'aller en cet esquipage, distribuer des fueilles de papier pliées
en forme de lettres missiues, ausquelles il mettoit adroitement des suscriptions de noms & des
personnes de qualité : & prenant garde que telles gens ne fussent pas chez eux, il portoit ces
lettres, & s'en faisoit fort bien payer le port.

à cinq fols la piece, & qu'il vfoit de cet exercice
là, le plus fouuent qu'il luy eftoit poffible, en
s'addreffant toufiours à nouuelles perfonnes. A-
pres cettuy cy il en vint deux autres, qui difpu-
toient enfemble en heurtant à fa porte : l'vn
auoit vn demy mouchoir autour du col, faute de
colet, & vne couple de fourrnimens à fa ceinture,
auec vne fourchette de moufquet à la main qui
luy feruoient de manteau, vne potence fous l'aif-
felle, & vne iambe en l'air, entortillée de vieux
linges & de peaux de liévres, parce qu'il n'auoit
qu'vn foulier & vn feul bas de chauffe. Il fe difoit foldat, & auoit efté en plufieurs dangereu-
fes occafions ; ie croy pour moy qu'il difoit vray.
Il contoit les feruices qu'il auoit rendus au Roy,
& en cette qualité de foldat entroit librement
par tout.   L'autre auoit vn pourpoint qui eftoit
manchot, & pour cacher ce deffaut là, il portoit fon manteau en écharpe, dans lequel eftoit
enueloppé le bras gauche, qui eftoit nud.

Il crioit tout haut, vous m'en deuez la moitié,
ou pour le moins vne bonne partie : & fi vous ne
me la donnez, ie iure, &c. Ne iurez pas, reparti
l'eftropiat: car quand nous ferons entrez, ie vous
feray bien voir que i'ay de bonnes iambes & de
bons bras, & que ie vous rompray ma potence
en cent pieces fur les oreilles, Tu en auras men-
ti, & toy auffi. & là deffus les voila aux prifes :
& en vn inftant la place fut ionchée d'efpaulie-
res, de manches, de bafques, de drapeaux & d'v-
ne infinité d'autres pieces d'habillemens, fi bien
qu'ils demeurerent nuds comme deux figures de
la Refurrection : nous accourufmes à eux pour

les separer : mais nous ne sceusmes par ou les
prendre pour les déchainer d'ensemble; Comment, disoit le soldat pretendu, tu es si effronté,
que de vouloir aller du pair, & partager mon
butin auec moy ? Et nous informans du suiet de
leur querelle; Vous sçaurez, Messieurs, nous dit-
il, que comme i'estois tantost dans S. Sauueur,
vn petit garçon s'est addressé à ce veillaque là, &
luy a demandé si l'estois pas le Capitaine Iean
Laurens ? il luy a dit qu'ouy : & parce qu'il s'est
appérceu que ce petit garçon portoit quelque
chose, il me l'a emmené, & m'a dit, Tenez Capitaine, parlez à cet enfant, & m'approchât il m'a
donné vne douzaine de mouchoirs, disant que sa
mere me les enuoyoit. Et maintenant ce maraut-
cy en veut auoir la moitié : mais ie luy donneray
la moitié de deux cens coups de baston : mon nez
les vsera, ou ie les deschireray plustost. Le diffe-
rent fut accommodé par l'Ordonnance qui fut
faite par les Officiers de l'ordre, à sçauoir qu'il
les mettroit entre les mains de la vieille pour le
profit de la communauté, pour en faire de fausses
manches de chemises qui se peuuent monstrer en
Esté. En mesme temps la nuit vint, & nous
nous couchasmes tous si pressez, qu'il sembloit
que nous fussions des ferremens de Barbier dans
vn estuy, & pour le regard du souper, il ne nous
chargea point l'estomac, & plusieurs aussi n'eurent pas beaucoup de peine à se deshabiller.

Buscon commençant a pratiquer la vie des
Confreres de l'Industrie, attrape vne
franche lippée, & escroque
vne Courtisane.

V bout de quelque temps Dieu
voulut qu'il fist iour, & lors nous
nous misines tous en armes : i'estois
desia aussi priué auec eux , comme
s'ils eussent esté mes freres : car
dedans les choses mauuaises il y a touliours vne
apparence de douceur & de facilité qui amorce
les sots. Il y auoit plaisir à voir mettre la chemise à tel qui la prenoit douze fois. Tel autre demandoit vn fourrier pour se loger dans son pourpoint , qui n'en pouuoit venir à bout en demie
heure.

Tel auec vne aiguille recousoit le pourpoint de
son compagnon rópu sous l'aisselle, qui cependát
ostant debout, & estendant le bras, representoit la
dettre L reuersée, & tel autre pliant les genoüils,
& rapetassant l'entre jambe de ses chausses, faisoit la figure du 5. de chiffre: enfin iamais Buscon
n'inuenta tant de diuerses postures dans ses pein-
tures, que i'en vis alors. Cela fait, ils se visiterét
l'vn l'autre, pour voir si tout alloit bien , puis ils

commencerent à designer quartier à chacun Pour
mon regard , ie voulus faire vn trait de liberalité pour ma bien venue. Ie dis que ie leur donnois mon habillement pour mettre en leur Friperie , ayant intention d'employer mes cent
reales pour en faire vn autre , afin de quitter la
soutane. Non , non , dirent ils ; nous trouuerons
bien l'industrie de vous habiller sans despenser là
voltre argent , nous auons de l'estoffe de reste
dont nous vous accommoderons, & les cent reales seront mises dans la bource de leur societé.
Leur aduis me sembla bon , ie leur mis librement mon argent entre les mains , & incontinent
ils me prennent ma soutane, & en la couppant quatre doigts au dessous de la ceinture , ils la conuertirent en roupille. Ils accourcirent aussi mon
manteau de pres de demie aulne , neantmoins
il resta encore d'allés bonne longueur , & toutes ces rongneures furent troquées contre vn
vieux chappeau reteint. Ils me donnerent des botines de marroquin , où il y auoit des demy bas
de soye cousus, qui ne couuroient que le genouil:
ie fus aussi paré d'vn colet qui paroissoit assez
sain par deuant , mais par derriere il auoit vne
furieuse blessure. Comme ils me mirent sur le
col , Il faut auoir de l'Industrie, me dirent ils,
pour satisfaire à la vanité du monde. Ce colet cy
se sent vn peu de la caducité : mais sçachez que
toutes & quantefois que quelqu'vn vous regardera de front , que vous soyez à mesme instant
conuerti en cette fleur qu'on appelle Tourne
soleil, c'est à dire que vous le regardiez aussi de
front. S'il sont deux auancez vous , pre-

uez le deuant, laiſſez tomber voſtre chapeau en
arriere, & releuez le bord par deuant, afin que
le bord de derriere cache le deffaut de voſtre colet: & ſi l'on vous domande pourquoy, reſpondez,
qu'il vous eſt permis d'aller le front decouuert
par tout le monde. Apres ces inſtructions, ils me
donnerent vn petit fuzil d'Allemagne, garni de
toutes ces vtenſilles : plus vne boiſte pleine de fil
blanc & noir, vn dé, vne couple d'aiguilles, &
pluſieurs morceaux & retailles de drap & de
linge, auec vne meſ   te paire de cizeaux. Auec
cet equipage la, me   rent-ils, vous pouuez pe-
leriner tout l'vniu   ans auoir beſoin d'amis ny
de parens, c'eſt ce   il vous faut garder : pour
quartier, ils me do   erent celuy de S. Louys,
pour aller che   des franches lippées, comme
faiſoient tou les autres. Il eſt vray, que parce
que i'eſtois encor nouice, ils m'enuoyerent ſous
la charge de celuy-là meſme qui m'auoit conuerty & attiré à cette venerable Confrerie. Nous
ſortons donc de la maiſon, auec vn pas graue,
tenant nos rozaires en la main à la mode de la
nation Eſpagnole, & priſmes le chemin du quartier qu'on nous auoit donné: Nous faiſons les
doux yeux & les courtois à tous ceux que nous
trouuions, nous oſtions le chapeau à chacun, ſou-
haittans en meſme temps d'en pouuoir faire de
meſme de leurs manteaux : nous faiſions la reuerence aux femmes, car elles y prennent grand
plaiſir, & les paternitez encore plus. A la plus
part de tous ceux que nous trouuions, mon prudent gouuerneur diſoit touſiours quelque mot
en paſſant : à l'vn, on me doit demain apporter

de l'argent: l'autre, attendez le vous prie encor
vn iour, i'ay à faire à vn Banquier, qui ne me
donne que des remises T.el luy demandoit le manteau qu'il luy auoit presté, tel le chappeau, &
tel le baudrier. A quoy ie recogneus que le personnage estoit tellement amy de ses amys,
qui n'auoit sur soy chose aucune qui fust sien-
ne.

Nous allions serpentant de costé & d'autre par
les ruës, de peur d'approcher trop prés des boutiques des creanciers, Tantost il estoit accosté d'vn
homme qui luy demandoit le louage de la
maison, vn autre de l'espec, vn autre des
draps, & des chemises, de façon que ie remarquay
qu'il y a des Caualiers de louage aussi bien que
des cheuaux, & que cettui-cy en estoit vn. Or en
passant chemin, il apperçeut de loin vn certain
quidan qui le persecutoit pour quelque debte:
& lors, de peur qu'il ne le recognût, il tira ses
cheueux qu'il auoit troussés derriere ses oreilles
& de sa pochette vn grand emblastre de tafetas
noir, qu'il s'appliqua sur vn œil, & se mit à parler Italien auec moy. Cependant le creancier s'approcha, & ayant ietté les yeux sur mon guide, il
il prit quelque idee de recognoissance douteuse,
passe deux ou trois fois autour de nous, puis il
fit vn signe de Croix: Iesus, dit il, ie pensois que
ce fut là vn tel i'ay quasi fait vne grand'faute.
Ie me mourois de rire, tant de l'estrange figure
du debiteur, que de l'estonnement du creancier;
& comme il fut passé, nous entrasmes dans vne
porte, où il reprit la premiere forme, & me dit,
voyez vous mon frere, il faut apprendre ces ru-

fes cy point fe fauuer de ceux à qui l'on doit,
autrement on fe verroit fouuent engagé en de
grandes peines. Nous paffafmes outre, & à vn
coin de ruë nous prifmes chacun prez d'vn demy
verre d'eau de vie, qu'vne femme nous donna
gratis. Voila, nous dit elle, vn fouuerain prefer-
uatif contre la famine faptes en auoit pris, vn
homme fe peut paffer de manger toute la iournée.
Mon eftomac ne croira iamais cela luy difie : &
lors mon conducteur me repartit, vous auez bien
peu de foy à la religion & à l'ordre : Le Seigneur
ne manque pas aux corbeaux, ny aux geays, ny
mefmes aux Greffiers, & il manqueroit aux pauures Cheualiers de *l Induftrie* ?

    A ce poinct là vne hotloge fonna midy : &
parce que ie n'eftois pas encore bien accouftumé
à cette nouuelle vie, mon ventrene fe contentoit
pas de l'eau que ie lui auois donnée, car il auoit
autant de faim que fi ie n'euffe rien aualé : lors
me tournant deuers mon guide : ie trouue, luy
dis ie, vn nouiciat fort rigoureux, quand il faut
ieufner fi long temps, ie fuis accouftumé à manger comme vn chancre, ou pour mieux dire comme vn chantre, & vous me faites garder des Vi-
gíles, qui ne font marquées au Calendrier Romain : Pour voftre regard, fi vous n'auez pas
faim comme moy, ce n'eft pas grand merueille :
car eftant nay dans la famine, & y ayãt efté nourry, vous vous en fuftentez facilement : & puis que
ie voy noftre difner en bl e. & que vous ne faites aucune diligence d'exercer les premieres armes de Cain, vous m'excuerez bien fi ie vous
lauffe compagnie, & fi ie vais chercher quelque

chose de solide, pour chasser les ventositez qui
commencent à engédrer des tonnerres dans mes
boyaux Vous estes vn grand gourmand, me res-
pōd il : voila midy qui acheue de sonner, & vous
criez famine, comme s'il y auoit trois iours que
vous n'eussiez mangé : vous estes fort exact au
seruice de vos tripes : vne beste n'en feroit pas dauantage : or il faut que vous sçachiez, que la sobrieté nous rend sains & gaillards : en effet il ne
se trouuera point écrit, que pas vn des Caualiers
de l'Industrie, ait iamais eu de déuoyemct d'estomac, ni par en haut ni par en bas. Ie vous ay déia
dit, que Dieu ne manque iamais à personne, & si
vous auez tant de haste de mascher, ie m'en vais
à la marmite des bōs Peres de l'Oratoire, si vous
me voulez suiure à la bōne heure, sinon, que chacun se pouruoye. Adieu, luy dis-ie, mes defauts
ne sont pas si petits, qu'ils puissent estre reparés
des restes des autres. Il prend vne ruë, & moy
l'autre, mais ie m'arrestay à vn coin, pour guetter
ce qu'il feroit ; i'apperceus qu'il tira vne certaine
boiste de sa pochette pleine de petites miettes,
qu'il portoit tousiours pour vne telle occasion, il
en prit des pincees & les sema sur sa barbe &
sur le deuant de son pourpoint, pour feindre que
il auoit mangé. Pour moy, ie me fiois à mon argent, & neantmoins ma conscience se sentoit
chargee de manger à mes dépens, attendu que
c'estoit contre les statuts de l'ordre de l'Industrie :
mais i'estois si pressé de faim, que me seruant du
prouerbe necessité n'a point de Loy, ie me resolus de
rompre mon ieûne.

Comme i'estois sur ce discours, ie m'arrestay

au coin de la rue S. Loüis , où il y auoit vn Pa-
tiffier:en mefme inftant , la fumée d'vn pafté de
cinq fols qu'on venoit de tirer du four , me fra-
pa les narines & m'arrefta tout court , comme
feroit vn bon chien couchant qui auroit efuenté
des perdris, Ie iette les yeux,en aualant ma fali-
ue, & le regarday fi fixement, & auec des defirs fi
attractifs , qu'il me femble que le pafté fe fecha
à demy,par la vehemence de mes œillades. Tantoft ie me propofois, des inuentions pour le
dérober , & tantoft ie me deliberois de le payer&
l'emporter dans vne tauerne : Mais parmy ces ir-
refolutions affamees , ma bonne fortune voul*t ,
que ie rencontray dans la ruë, vn certain Maiftre
és Arts de ma cognoiffance, appellé Baldinus,qui
auoit vne trongne toute pleine de bourgeons rouges , auffi gros que dés petites meures , & crot-
té comme vn femonneur d'enterrement : Dés qu'il
m'apperceut, il fe vint jetter fur moy , faifi d'vn
grand étonnement de me voir : car felon que
i'eftois habillé il y auoit peine à me recognoiftre. Nous voila bras deffus , bras deffous, il me
demanda comment ie me portois : ô Monfieur le
Maiftre , luy refpondif-je ! que i'aurois de chofes à vous conter fi i'auois affez de loifir, le malheur veut qu'il m'en faut aller ce foir.Cela me
fafche fort,dit il , & s il n'eftoit point fi tard , car
il eft plus d'vne heure, ie retarderois mon difner
pour vous entretenir vn peu : mais ie fuis attendu de ma fœur & de fon mary.Comment luy difie, Mademoifelle, voftre fœur eftelle icy? quand
ie devrois abandonner & mefme perdre toutes mes
affaires , ie luy veux aller baifer les mains. Ie
defirois

desirois plustost faire vn compliment à mon ventre, qu'à sa sœur, lors qu'il me dit qu'on l'attendoit pour disner, cela me fit ouurir les oreilles, pour prendre l'occasion par les cheueux.
Ie m'en vais donc auec luy ; & en chemin, ie
commençay à luy parler d'vne certaine femme
d'Alcala qu'il auoit fort aimée : ie luy dis que ie
sçaurois où elle estoit, & que i'auois moyen
de luy faciliter l'entrée de sa maison, c'est à dire en bon François, luy faire vn maquerelage,
Il fut encore plus touché de ces paroles, que ie
ne l'estois de l'esperance de disner auec luy aussi
sçaurois-ie bien l'endroit où il falloit chatoüiller
le compagnon pour le faire rire.

Durant ce deuis-là, nous entrasmes au logis
de sa sœur, à qui ie fis mes offres de seruice, & à
son mary aussi : mais me voyant venir à vne telle heure, ils se persuaderent que c'estoit à dessein
de disner auec eux, comme il estoit vray, si bien
qu'il se mirent sur les excuses. Ie fis aussi mes hon-
nestetez, & respondis que i'estois de la maison,
& des plus anciens amis, & qu'ils me faisoient tort de me traiter auec ceremonie. Maistre
Baldinus qui me me vit si tost appriuoisé, fut fort
estonné : car il n'auoit pas pensé à me conuier:
mais afin qu'il suportast plus doucement l'effron-
terie, ie le remis de nouueau sur le propos
dont ie l'auois abordé & luy dis que cette femme qu'il auoit aimée ne le pouuoit oublier,
qu'elle m'auoit souuent demandé de ses nouuelles, & plusieurs autres sortes de menteries sur
ce sujet. Chacun se mit à table, où ie m'escrie

T

may de mes deux mais & de toutes mes dents;
en deux gorgées le potage qu'ils m'auoient fait
dans vne écuelle à part fut aualé : cela fait, ie me
iettay si auidément sur les plats , que l'ordinaire
fut depeché , auec plus de diligence qu'vn cour-
rier extraordinaire: La nape fut leuée, & le Maistre Baldinus & moy nous retirâmes à part , pour
discourir ensemble de la Nimfe dont ie luy auois
parlé , & des moyens de la visiter chez elle, que
ie luy representois tres-faciles , & comme nous
deuisions ainsi, apuyez sur vne fenestre, ie fis semblant que l'on m'appelloit de la ruë, Monsieur, ie
m'en vais vous trouuer , dis-ie tout haut , & là-
dessus ie pris congé de la compagnie, leur donnant parole que ie reuiendrois sur le champ : ils
m'attendent encore auiourd'huy.

　　Au sortir de cette maison , ie m'en allay par
les ruës, en tirant vers la porte Guadalajara, &
m'assis sur vn banc deuant la boutique d'vn marchand de soye ; ie n'y fus pas plustost arriué, que
voicy venir à ces boutiques, deux femmes , de celles qui demandent à emprunter non pas sur leurs
hardes , mais sur leur propre personne : elles
ne montroient que la moitié du visage , & couuroient l'autre q'vn crespe fort delié, elles estoient
suiuies de leurs vieilles & de leurs petits
pages : porte poulets , lesquelles demanderent
s'il y auoit point quelques velours de nouuelles façon. Sur ce propos là : ie pris occasion de
parler à elles : d'où ie reconnus que ma liberté
leur auoit donné quelque esperance de credit
en la boutique deuant laquelle i'estois assis ,

& comme celuy qui se hazarde à ne rien perdre,
ie leur offris tout ce qu'elles voudroient. Elles
firent des simagrées de remerciements, comme
les Medecins ou les Aduocats, qui refusent l'argent qu'ils voudroient dé-ia tenir, me respon-
dant, qu'elles n'estoient pas femmes à prendre de
ceux qu'elles ne connoissoient, pas. A ceste response, ie pris mon temps pour m'excuser enuers
elles, de ce que ie ne leur auois rien offert, &
que ie les priois d'accepter vne certaine étoffe
qu'on m'auoit apportee de Milan, que ie leur en-
uoierois le soir suiuant, par vn page qui estoit
nud teste, à six pas de moy, attendant son maistre, qui voyoit des estoes dans la boutique voi-
sine, lequel ie disois estre à moy, & afin de leur
faire de plus en plus, croire que i'estois quelque personne de consideration, ie saluois tous
les Magistrats & Caualiers qui passoient par là
en carrosse, faisant des mines & des œillades,
comme si i'eusse esté fort familiairement connu
d'eux, De façon, que ces artifices, & par la
veuë de mon argent que ie leur fis voir, comme
sans dessein, en voulant donner l'aumosne à vn
pauure, elles s'imaginerent que i'estois quelque
personne d'importance : Et lors, sans s'arrester
dauantage elles me firent la reuerence & prirent
congé de moy, auec ma permission, apres m'a-
uoir toutessois enseigné leur maison, & aduerti
de la dexterité qu'il failloit obseruer pour enuoyer le page chez elles Ie leur demanday pour
faueur & comme par galanterie, vn Chapellet
enfilé d'or, que portoit la plus affetee des deux.

T 2

qui fit quelques mines de refus, tefmoignant que
c'eftoit trop peu de chofe, & moy feignant que
i'en faifois vn grand eftime: ie leur offris mes cent
efcus d'or pour gage. Mais en fin, fur l'efperance
qu'elles auoient de me prendre pour dupe, & de
m'efcroquer au double, elles fe fierent en moy, &
me donnerent ce Chapellet, que ie baifay mille
fois, non pas pour la deuotion, mais pour la valeur: car il y pouuoit auoir pour quatre piftoles
d'or.

Ie fortis de là auec elle comme en les accompa-
gnant, & à c't inftant ie m'efloignay de fix pas, &
fis figne à ce Page que i'ay dit, de venir parler à
moy, & feignant de luy dire qu'il m'attendift là,
auec le refte de mes fuiuans, ie luy demanday, s'il
eftoit au Commandeur tel mon coufin, mais il
me refpondit, que non. Ces bonnes Dames me re-
mercierent de l'honneur que ie leur voulois rendre, & cependant nous marchions toufiours: Elles
me demanderent où eftoit mon logis: & lors prenant occafion de faire valoir ma vanité, ie remat-
quay vn grand logis où il y auoit vn carrofle fous
la porte; & en mefme temps, ie leur dis que c'e-
ftoit là, & que la maifon, le carrofle & le Maiftre
eftoit à leur feruice, & que ie m'appellois Don
Aluaro de Cordoue. Difant cela, elles me virent
entrer dans ce logis, auquel ie fçauois qu'il y auoit
vne porte de derriere, qui eftoit prefque toufiours
ouuerte, & par ainfi, ie me desfis de
cette agreable compagnie, pour m'en aller à
noftre logis.

La nuict vint incontinent aptes, & les Caualiers

de l'Industrie se retirerent comme moy. A peine
fus ie entré   , quand voicy arriuer ce soldat qui
estoit sorty armé de toutes pieces , ie dis de toutes pieces , rapottées pour composer vn habillement: Le voicy dis ie entrer auec vne torche à la
main qui luy auoit esté donnée , pour porter &
assister en vn conuoy de funerailles , mais il l'a-
uoit emportée sans aller à l'enterrement. Il s'a-
pelloit Magace, & disoit estre d'Olias: qu'il auoit
esté Capitaine en vne Comedie , & qu'il s'estoit
trouué souuent au combat contre des Mores sur
le theatre. Quand il se rencontroit auec ceux
qui auoient esté en Flandres, il disoit auoir esté en
la Chine , il ne parloit que de Flandres. Il ne se
vantoit que de duels , & de mettre pourpoint
bas à la campagne : mais il ne l'auoit iamais
fait que pour esplucher sa vermine. Il deuisoit
des Turcs , des galions & des grands vaisseaux:
mais c'estoit seulement pour auoir leu des vers
qui en parloient:& comme il ne sçauoit rien de la
mer, n'ayant iamais rien veu de naual , sinon des
potages de naueaux. Vne fois venant à parler de
la bataille de Lepante , il dit que ce Lepante fut
vn More extrememeut vaillaut & belli-
queux.

   Apres luy, s'en vint mon conducteur , auec lequel i'estois allé en queste:il auoit le nez cassé, les
yeux pochez , la teste toute enueloppée de drap-
peaux & torchons saigneux , & fort conuert de
graisse & de potage : nous luy demandasmes
d'où venoit vn si grand desordre , & il nous dit
qu'il auoit esté à la soupe des Peres de l'Ora.

toire , & qu'il auoit demandé double portion,
faisant entendre que c'estoit pour quelques pauures honteux , qui n'osoient tesmoigner leur necessité, & qu'on auoit refusé à d'autres mendiǎts,
pour luy donner ; de sorte que les autres irritez,
l'auoiēt suiuy & surpris en vn detour qui englou-
tissoit toute la soupe. En mesme temps , ils luy
coururent sus , luy demandant si c'estoit si bien
fait d'oster la vie aux autres pour assouuir sa
gourmādise, & de propos en autres, qu'ils estoient
venus aux mains & aux coups de bastons , tellement que le pauure Caualier fut accablé d'vne
gresle de bois, qui l'auoit mis en cét estat, & que le
mal qu'il auoit au nez, estoit d'vne écüelle à soupe, qu'on luy auoit fait sentir de trop pres ; que se
voyant en vn lieu si perilleux , il leur auoit crié
plusieurs fo s qu'il vomiroit tout ce qu'il auoit
mangé, & qu'on ne le batist plus, mais qu'ils furent
inexorables. Et ce qui luy sit le plus de dèpit à
ce qu'il nous conta , ce fut qu'aprés auoi. esté si
mal au second seruice , vn certain fripon
d'Ecolier , luy vint faire vn entrémets de
mille pouilles : voyez vn peu cét Archigour-
mand , ce maistre chifonnier plus entortillé de
guenilles qu'vne poupee d'enfant, plus percé qu'vn
crible, plus rapetacé qu'vne pie, & plus taché qu'vn
iaspe , & neantmoins il veut faire table à
part : il a honte de manger auec nous : Pour
moy ie suis Maistre és Arts en l'Vniuersité de Si-
goüença, & si ie ne suis pas si glorieux que luy.
Il nous dit encore, qu'à ceste clameur, vn vieillard
arriua , disant : il faudroit assommer vn

maraut-là , ie veux bien qu'il fçache qu'encore
que ie vienne à la marmite de ces bons Peres , ie
fuis pourtant de grande lignée , & que i'ay des
parents auffi bien qu'vn autre. Mais le portier
qui diftribuoit la foupe, voyant que l'orage alloit recommencer, fit tant par fes miëlleufes &
deuotes patoles , qu'il les appaifla & les diui-
fa , & a tous leur promettant renfort de potage-
pour le landemain : & que chacun feroit content.

Suitte du recit des piperies des Chevaliers de l'induſtrie : comme ils ſont tous mis en priſon , & ·Buſcon auec eux.

Omme il nous acheuoit ce beau recit , vn autre des camarades entra auec vn bon manteau qu'il auoit roqué ſans retour contre le ſien qui ne valoit rien , dans vn jeu de billard, ou il faiſoit ſemblant de ſe vouloir mettre d'vne partie: & comme il auoit l'induſtrie de ne ſe lier en pas vne, il s'en retournoit à la perche ou eſtoient tous les manteaux, entre leſquels il choiſiſſoit touſiours le meilleur , & enfiloit la venelle : & pour ce ſujet, il frequentoit les boulles & autres lieux de berlan. Mais cela ne fut rien, au pris de l'arriuee d'vn autre des Confreres , qui vient accompagné d'vne infinité d'enfans qui auoient des eſcroüelles; les dartres , des chancres, des bleſſures & diſlocations de bras, Le ſujet qui les attiroit apres luy, eſtoit q̃ il ſeignoit de guerir & de charmer ces maux là , par le moyen de certaines paroles & eſcriteaux qu'il donnoit à porter, & par ainſi gaignoit beaucoup , car ſi le

mal n'apportoit quelque chose sous le manteau,
que le poulet ne criast dans le sac, ou que l'argent
ne sonnât dans la pochette:son mal deuenoit incu-
rable. Il faisoit croire tout ce qu'il vouloit, car
il estoit fort industrieux en la menterie : elle luy
estoit si naturelle, qu'encore qu'il n'y pensast
il luy estoit impossible de dire iamais vray; son
passeport, pour entrer par tout, estoit vn *Deo*
gratias; le sainct Esprit soit auec vous. Tous les
outils des hypocrites estoient tousiours auec luy;
il auoit vn grand chapelet aux mains, & vne dis-
cipline penduë à la ceinture, qu'il faisoit passer
comme par negligence par dessus son manteau,
laquelle estoit esmaillée de sang, non pas du sien
mais de celuy de la boucherie. Il faisoit que les
poux luy seruoient de cilice, & prenoit sa faim
canine pour vn jeusne volontaire. Quand il nommoit le demon, il disoit; Iesus nous en deliure:il
baisoit la terre en entrant aux Eglises : iamais il
ne leuoit les yeux aux femmes, & ne se soucioit
que de leur leuer leurs cottes. Ainsi il abusoit si subti-
lement le peuple,que chacun se recommandoit à
luy, & cela valoit autant que de se recommander
au diable.

Apres luy : voicy entrer vn autre confrere appellé Pelanque, faisant vn grand bruit : il demande sa besace, sa grand Croix, sa barbe d'Hermite, & sa clochette. Cettui cy alloit la nuit auec
cét esquipage, criant par les ruës. Amendez-
vous, souuenez vous de la mort, & faites du bien
aux ames des fideles Trespassez: & par ainsi at-
trapoit force argent. Il entroit hardiment dans
les maisons qu'il trouuoit ouuertes : quand il n'y

rencontroit perſonne, ou qu'on fuſt endormy, il n'en ſortoit point qu'il ne s'accommodaſt de ce qu'il pouuoit emporter : & s'il trouuoit quelqu'vn: ou qu'on s'éueillaſt, il diſoit qu'il venoit aduertir qu'on auoit laiſſé la porte ouuerte, & qu'on ſe gardaſt des mauuaiſes gens, & touſiours ſouuenez-vous qu'il faut mourir : mes enfans.

Ie demeuray l'eſpace d'vn mois à remarquer toutes les diuerſes manieres de deſrober de mes confreres : mais quand ie leur fis le recit du chapelet enfilé d'or , que i'auois eſcroqué à mes courtiſanes, ils ne peurent ceſſer de loüer mon induſtrie : & en fin il fut conclu que la vieille le prendroit pour le vendre, & qu'on mettoit l'argent au treſor commun. Quand elle auoit quelque choſe à vendre comme celle-là, elle alloit pa les maiſons, diſant qu'elle eſtoit vne pauure fille neceſſiteuſe contrainte de ſe défaire peu à peu de ſes beſongnes pour auoir du pain : & lor qu'elle rencontroit de bonnes gens charitable comme il y en a , elle remportoit ſes bagatelles & de l'argent quand & quand , que ces perſonne pieuſes luy donnoient. Elle pleuroit à chaque pas & croiſoit les mains l'vne dans l'autre en ſouſpirant & ſanglotant: & en appelant chacun mon enfant, tâchoit d' emouuoir la compaſſion pou attirer la charité : elle eſtoit afflubée d'vn ſac de gros drap de poil gris , qui venoit d'vn Hermite des coſtes d'Aliala qu'elle auoit dépoüillé. Cette bonne perſonne-là eſtoit la gouuernante du troupeau *Induſtrieux* , & elle qui l'entretenoit de rapetaſſes. Mais le diable qui n'eſt iamais oiſif pour les choſes qui touchent

les bons y assaux , voulut vn iout , qu'en allant en
vne maison pour vendre ie ne sçay quel habillement & quelques autres hardes , il s'y trouua
vn homme qui reconnut certaine chose qui luy
apartenoit : Il s'en va soudain querir vn Officier
de Iustice, comme pourroit estre vn Commissaire
du Chastelet de Paris, & la fit mener , en prison,
où la pauure mere Lambruche, car elle s'appelloit
ainsi, confessa plus qu'on n'en vouloit sçauoit : Elle nous accula tous , & declara *l'Industrie* des
pauures Caualiers.   En suitte de cela , on nous
vint trouuer , & la mal-heureuse bande fut hon-
nestement conduite en la prison, sans que l'industrie les pust garentir.

Du trai&ement que Buscon receut dans la prison: les deliEts, la misere, & la maladie des prisonniers, la tyrannie & la mangerie des Geoliers & autres Officiers: & enfin, la deliurance de Buscon.

Ous n'eusmes pas plustost passé le guichet, que l'ôn nus mit les entrauez aux pieds, & les bracelets aux poignets, & puis on nous enfonça dans vn cachot. Quand ie vis qu'on m'alloit loger en vn si infame apartement, ie me voulus preualoir de l'argent que j'auois en reserue pour me garantir de cette misere: ie tiray donc vn escu d'or que ie montray au Geolier, en luy disant que j'auois vn mot à luy dire en secret; il vint incontinent au leurre. Ie suis homme qui sçais connoistre vne courtoisie: à bon entendeur salut, luy dis-je. Il y a long temps qu'il est sorty, me respond-il, feignant que ie luy demandasse nouuelle de quelque prisonnier. Ie conus à l'instant sa subtilité: il me laissa donc dehors, & deuala mes cama-

reües dans ces efpouuentables cauernes. Ie ne
fais point icy mention de la huée qui fut faite fur
nous en paflant par les ruës. Veritablement il y
auoit à rire de nous voir : car la violence dont les
Sergents & les Archers nous menoient, en nous
trauaillant & pouflant, detachoit & découfoit
toutes les prieces, pluftoft baflies que confuës, qui
compofoient le tout de nos habillemens, fi bien
que les ruës eftoient toutes jonchees de lambeaux
& de guenilles qui tomboient de deflus nous. Et
combien qu'il y euft fort peu de diftance, du lieu
ou nous fufmes pris iufques à la prifon, il y eut
tel de nous qui y arriua fi nud, que les records ne
fçauoient plus par ou nous tenir. La nuict venuë,
on me mit dans vne grande falle qu'on appelloit
la commune. Ie fus eftonné de voir ce meflange
d'hoftes inconnus : les vns fe couchoient dans
leurs fourreaux, les vns fe couchoient, tel
joüoit, tel autre fe pourmenoit, enfin, on
vint efteindre la lumiere & fermer la porte fur
nous.

Il me fut impoffible de dormir dans vne fi
grande confufion, & ce qui me penfa faire enrager parmy tant de difgraces, ce fut qu'il fe trouua
qu'auprès du cheuet de mon lit il y auoit vn tronc,
ou chacun des hoftes venoit faire fes offrandes,
& deliurer des prifonniers qui faifoient vn fi
grand tintamarre en fortant, fi bien que dans cette obfcurité, & ignorant d'eftre fi mal eftablé
pour mon argent, ie creus que c'eftoit des corps
de tonnerre, mis à la fin, mon nez deuina le fait.
Cela m'importuna & m'empuantit fi fort, que ne
pouuant plus tenir ma tefte dans le lit, ie pris et t

infcɛ garde manger, & le iettay au trauers de
la commune, afin que chacun fuſt embaumé de ce
parfum. Aucuns de la compagnie, qui ſe trouuerent plus delicats que les autres, ſe leuerent, & ſe
mirent à crier qu'ils eſtoufoient de puanteur, &
qu'il falloit aſſommer cét impudent, qui auoit
fait vne action de ſi mauuaiſe odeur. En cet inſtant, le Geollier s'éueillant, & craignant que ce
ne fuſt quelques-vns de ſes pigeons qui s'emuolaſ-
ſent, accourut armé auec tous ſe guichetiers, &
ouurit la ſalle. Il s'informa du ſale cas, chacun
m'accuſoit, & ie m'excuſois tant qu'il m'eſtoit
poſſible mais à la fin ce bon Geollier penſant
que ie luy donnerois encore vn autre eſcu, pour
eſtre deliuré de la criaillerie de ceſte canaille, me
commanda de me leuer & de le ſuiure, à quoy
i'obeys promptement, reſolu de ſouſtrir tout, pluſtoſt que de débourcer vn ſou. Ie m'en vais donc
auec luy: & eſtant hors de cette ſalle, il me menaça
de me mettre dans vne grande baſſe foſſe limon-
neuſe, parmy les clauportes & les crapeaux, pour
me punir de l'outrage que i'auois commis: Il faut
prendre patience, luy diſie: & voyant que ie
n'auois point de paroles dorées, il me foutra dans
le cachot, où eſtoient les mal-heureux Induſtrieux, où ie paſſay le reſte la nuiɛt, ſans ſçauoir
auec qui ce meſchant fourrier m'auoit logé.

Le iour venu, qui entroit là par vne meurtrie-
re, nous nous enuiſageaſmes tous du mieux que
nous peuſmes: & nous eſtans recogneus, nous dé-
ploraſmes noſtre malheur. Alors on nous ſortit
de là, car on nous y mettoit que la nuiɛt. Vn

des guichetiers nous vint demander le droit du nettoyement, fur peine des anguillades : ie ne fçauois pas ce que ce terme-là fignifioit, ie croyois que les couleuures nous deuffent manger, mais on me dit que c'eftoient des grands coups de ceinture, qu'on donnoit à tort & à trauers, fur ceux qui eftoient pareffeux de mettre la main à la bource. Moy qui eftois vn peu delicat, ie donnay viftement fix reales : & mes compagnons qui n'auoient point d'argent, furent remis pour la nuiét. Il y auoit là vn grand borgne de fort mauuaife mine, qui portoit de grandes mouftaches, large d'efpaules, qui à mon aduis auoient efté fcarifiée de la main du Medecin qui guerit de toutes maladies en public. Cettui-ci eftoit plus chargé de fers, qu'il n'y en a dans les mines de Bifcaye : car ie ne vis iamais de fi groffes chaines que les fiennes, ny de fi gros ceps & manotes. On l'appelloit le Geant : il difoit qu'il eftoit là pour des chofes qui n'eftoient que de vent. Ie croyois que ce fuft pour auoir fait quelques mauuais fouflets, cornem.fes, balons, ou efuentails : & quand on luy demandoit fi c'eftoit pour cela, il difoit que non, mais pour des pechez retournez. Ie m'imaginois qu'il fuft fripier, & qu'il euft venda des habits retournez pour des neufs : mais à force de m'enquerir, ie trouuay que c'eftoit qu'il auoit fait l'amour au genre mafculin. Il eftoit fi furieux & fi redoutable, qu'il falloit que le Geolier, comme prudent & bien aduifé, donnaft des culottes armées de pointes de fer, comme les colliers des chiens de parc à tous ceux qu'il logeoit où eftoit ce diable-là, & s'il n'euft point efté en-

chaîné, personne n'eust osé peter ni pisser auptes
de luy de peur de luy faire ressouuenir où estoit
la region des selles. Cettui cy estoit associé auec
vn autre homme de bien comme luy, qui disoit
estre prisonnier pour auoir trop de dexterité, &
pour auoir pesché de la main sans la moüiller : &
m'estant enquis vn peu curieusement de ce qu'il
vouloit dire, i'appris qu'il auoit des mains de
harpie, qui hapoient tout ce qu'il trouuoit. On
me dit qu'il n'y auoit point de méchant cheual en
toutes les postes du Royaume, sur qui l'on eust
tant vsé de soüets que dessus luy, parce que tous
les bourreaux y auoient fait espreuue de leurs
mains: on ne pouuoit pas parler de ses oreilles en
plurier, il auoit tant de balafres recousuës sur le
visage, que s'il eust fallu iouër au poinct contre
luy, vn flux n'y eust rien fait, ou vne neuhesme
maieur.

Outre ceux-cy, il y auoit encore quatre hommes, à qui la Iustice auoit fait grace, car elle les
auoit sauuez de la branche, pour les condamner à la rame. Ils disoient que dans peu de
iours ils se pourroient vanter d'auoir serui le
Roy par terre & par mer. Tous ces honnestes
gens-là, mécontens de ce que mes compagnons n'auoient rien contribué pour le
nettoyement, comme i'auois fait, ordonnerent que la nuict suiuante ils auroient les anguillades, mais viuement, auec vne corde qui
estoit dedie à ce passe-temps là. Quand la nuict
fut venuë, nous fusmes encoffrez au dernier re-
coin de la maison: on esteignit la lampe, & moy
qui esuentois la mesche, ie me fourray dessous le

marche-

marche pied de planches où estoit mon lict , A-
lors vn des corrompus commença à sifler , & vn
autre à sangler les coups de corde. Les bons
Caualiers mes confreres , qui s'apperceurent
aussi du jeu, firent comme moy , & se serrerent
de si prés l'vn contre l'autre , qu'ils sembloient
estre des punaises dans les mortoises d'vn cha-
lit. Cependant la corde frappoit sur les aiz, sans
que personne se mist à crier , & les fripons , s'a-
perceuant que nul de nous ne se plaignoit,& que
les coups frapoient en vain , quitterent les cordes & commencerent à ruer des pierres & des
thuileaux qu'ils auoient de reserue, dont le pauure Don Termio fut attaint sur le chinon du
cou , qui luy fit vne enflure de deux bons doigts
de haut , alors il commença à crier qu'il estoit
mort, & les meschans mattois, se mirent en mesme temps à chanter tous ensemble , & à faire
bruire leurs fers, de peur qu'on n'oüist les voix
des complaignans. Le pauure affligé, pour se cacher, tiroit les autres , & eux pour se sauuer de
pareilles atraintes , se fourroient au plus profond; & cela faisoit crier leurs os comme des cliquettes de ladre. Ce fut en ce desordre la , que
les habillemens furent acheuez de despecer. La
greslé de pierres & de thuileaux ne cessoit point
pour cela, tellement que le mal heureux, Torri-
nio , qui estoit exposé aux harquebuzades , fut
tout meurtry, & se voyant sur le point de mourir mattyr, sans rien tenir de sainteté ny de bon-
té, cria qu'on le laillast sortir de là dessous , &
qu'il payeroit le droit & donneroit ses habits en
gage, car il aimoit mieux demeurer au lict, plu-

tost faute d'habit, que de santé. Les autres von-
lurent entrer dans le traité de paix, mais quelque diligence qu'ils sceussent faire, ils auoient
desja le crane aussi mol que ommes cuites, des
coups de pierre qu'ils auoient receus, Neantmoins il y eut treive pour le reste de la nuict.
Le iour venu, on somma de se despoüiller suiuant la convention faite, mais quand ce vint à
l'execution, il se trouua que la plus grande piece
de leurs habits, n'eust pas esté propre à faire vne
semelle de bas de chausse. On ne laissa pas pourtant de les mettre à nud, non pas pour faire profit de leurs dépoüilles, mais pour leur faire sentir vn autre tourment.

Comme ils furent despoüillez, il leur falut
seruir d'vne seule couuerture pour cacher leur
vergongue, & lors ils commencerent à sentir
vne de mangeaison insuportable, car pour comble de misere, où les mit coucher au lieu où la
racaille des prisonniers auoit accoustumé d'esplucher leur vermine; si bien qu'ils furent incontinent hapez des quatre grenes qui enrageoient
d'vne faim canine, pour auoir trop long temps
jeûné, & n'eussent fait qu'vn dejeûner de mes in-
fortunez confreres, s'ils n'eussent promptement
ietté leur couuerture loin d'eux, & se couchant
sur le ventre se couurir de leurs testes, en détes-
tant & maudissant leur desastre, & se déchirant
à beaux ongles à force de se gratter.

Pour mon regard, ie sortis de cét épouuentable lieu, & les priay de m'excuser si ie prenois
congé d'eux, veu qu'estans si bien accompa-
gnez, ma présence ne leur pourroit estre

qu'inutile. Ie m'accoftay de nouueau du Geollier , & luy chatouillay encore la paume de la
main auec vn peu d'or potable, contre la refolution que i'auois faite. Il me dit le nom du Greffier qui auoit les reformations & noftre procés
entre les mains : ie l'ennoyay querir par vn valet,
de la prifon , il vint, & nous nous tirafmes à part,
pour deuifer vn peu fur ma iuftification. Au commencement, ie luy trouuay vn vifage couuert de
reuefche, mais quand ie luy eus declaré que i'e-
ftois homme capable de recompenfer vn bon office qu'on m'auroit vendu, il deuint plus doux que
malvoifië, & plus fouple qu'vn gand de Ven-
dofme. Ie luy mis donc deux piftoles dans les
mains, le priant de fauorifer m'a liberté à la
charge : d'autant que i'eftois vn ieune Cauallier
fans experience, &c. Monfieur, c'eft affez dit, me
refpond il, ie vous entéds bien : voyez vous Monfieur, tout le bien & le mal d'vne affaire dépend
de nous : & faut auouër que quand nos offices
tombent entre les mains de perfonnes, qui n'ont
pas l'honneur ny la confcience en recommanda-
tion comme moy, il fe fait beaucoup de mefchan-
cetez : nous formons les procez comme nous voulons : les Iuges n'ont pas tant de pouuoir que
nous, car ils ont beau dire entr'eux & dans leurs
fieges, nous faifons des coups d'amy en nos bar-
reaux, quand il eft queftion de mettre les arrefts
ou fentences en forme : mais c'eft affez dit, laif-
fez faire à George, Il me dit adieu, & eftant au
presde la porte, il reuient tout court à moy : l'ay
encore vn mot à vous dire, dit il, auec vne trongne refrongnee : il y a des iazeurs à qui il faut

fermer la bouche auec des morailles d'argent , quand vous dóneriez quelque chose au Sergent , il ne seroit pas perdu, lors qu'il faudra que Mó-sieur le Preuost entende parler de vostre affaire . il pourra dire quelque mot à la trauerse qui ne vous nuira point : tenez Monsieur le Greffier, luy dis-je , voila encore vne pistole , pour émouuoir sa bonne volonté. Il baise la main & la prend , mais en recompense , il me dit que ie redressasse le colet de mon manteau qui estoit de trauers: que i'vsasse de ptizane , & me fisse saigner, pour guerir de la toux , que i'auois gagnée dans les humiditez de la prison: & m'ayant expedié cette excellente Ordonnance , il s'en va. En mesme temps , ie donnay vne demie pistole au Geolier qui m'osta les fers , & me permit de prendre accez auec luy, ou ie beunois & mangeois, en bien payant.

Au bout de quelques iours, nostre procez fut presenté au Iuge, par la diligence de ce consien-cieux Greffier. Nostre pauure vieille, & tous mes camarades furent condamnez à faire ensemble vn tour de ville, & à vne pourmenade de six ans hors de la patrie: Et moy par la grace dudit sieur Gref-fier , mon innocence fut iustifiée , & ie sortis ab-sous des cas imposez.

❦❦❦❦❦❦❦❦❦❦❦❦❦❦❦❦❦❦❦❦

Buscon deuient amoureux de la fille de son logis
feint d'estre Magicien pour paruenir
à vn dessein , & la disgrace qui
luy arriua.

Stant hors de la prison ie me trouuay tout seul & abandonné de mes
amis qui battoient la campagne :
on me donna bien aduis qu'ils estoiét
allez à Seville par le chemin de la
Charité, mais ie ne les voulus pas suiure. Ie m'allay reposer dans vne Hostelleire, pour me refaire
vn peu du mauuais temps que i'auois passé. Ie
trouuay là vne fille d'assez bonne mine, blanche,
blonde, affetee , fretillarde , & cueillée : elle parloit vn peu gras, & cela ne luy sioit pas mal : elle auoit peur des souris : elle se piquoit d'auoir
de belles mains , & faisoit souuent semblant
de se demanger au front, afin d'y porter la main
pour faire voir : elle seruoit & tranchoit la viande estant à table : en compagnie elle ostoit
fort souuent ses grands , & les remettoit
ou attachoit & detachoit quelque espin.

V 3

gle de sa coiffure : si elle jouoit, c'estoit tousiours
aux échets ou aux dames, parce que ce sont des
occasions pour montrer les mains : a toute heure
elle faisoit semblant de baailler pour faire voir
ses dents, & sa main en faisant des signes de croix
sur la bouche, elle rioit aussi à pareille intention.

Ie fus honnettement receu là dedans on me
logea dans vne chambre auec deux autres hostes,
dont l'vn estoit Portugais, & l'autre Catalan.
D'abord, ie iettay les yeux sur cette fille, qui ne
me sembla pas mal propre à la delectation, ny la
commodité trop difficile à rencontrer, parce que
nous estions elle & moy en mesme logis. Pour
cet effet, ie recherchay tous les moyens dont ie
me pus auiser, afin de me rendre complaisant à
sa mere aussi bien qu'à elle. Ie luy faisois des con-
tes que i'auois estudié pour diuertissement : ie luy
forgeois des nouuelles, car elle estoit coquette,
quoy que vieille, & luy rendois plusieurs petits
seruices. Et parce que i'auois reconnu qu'Annette estoit curieuse, ainsi s'apelloit cette fille, ie
luy fis à croire que ie sçauois des enchantements,
comme estant à demy Magicien; que ie ferois que
la maison sembleroit abismer, & tantost toute en
feu: que ie ferois dancer tout le monde, & s'entre-
battre aussi, selon que son humeur le desireroit,
& vne infinité d'autres galanteries (& toutes mé-
teries) qu'elle crut aisement. Et adioustant à cela quelques petites liberalitez de collations
gousters & d'autres petits presens que ie faisois
auec intention d'vser de represailles, sur ce que
ie trouucrois de plus propre à m'emparer quand
ie serois ven u à bout de mes pretentions, ie m'in-

sinuay insensiblement aux bonnes graces d'Annette, & de sa mere.

Le Portugais qui estoit vn des hostes, mouroit d'amour pour Annette, & s'efforçit de s'enflamer en souspirant autres d'elle, plus que ne fait vne Bigote en vn Sermon de Caresme, mais au lieu de l'échauffer, il ne la faisoit que morfondre : C'estoit la creature du monde la plus maussade la plus melancolique, & la plus auaricieuse: il faisoit pot à part, & ieûnoit la triolaine, car il ne mangeoit que de trois en trois iours, & encore, d'vn pain si dur, que les dents les plus aiguës de la medizance n'y eussent sceu mordre, il se piquoit de vaillance, mais s'il eust pondu des œufs c'eust esté vne poule parfaite, car il etourdissoit tout le monde de son caquet. Il n'estoit pas pourtant si mal habile homme, qu'il ne reconnust bien que ie prenois force priuautez auec Annette, & pour essayer à me trauerser, il entreprit à se railler de moy, & m'apeler pouïlleux, Narquois dépouïllé, tantost veillaque, & tantost poltron. On me raportoit tout cela, & quelquefois ie l'entendois de mes propres oreilles, mais ie ne faisois pas semblant de rien, au contraire, ie l'amadouois & le flatois tant qu'il m'estoit possible, craignant que si nous fussions venus aux mains, il s'en fust ensuiuy du scandale, qui nous eust peut estre tous deux obligez de sortir du logis, & par ainsi, ie n'eusse rien obtenu, & la dépence de mes colations, & de mes presens eust esté perduë.

Cependant, ie ne perdois point de temps à pourchasser ma bonne fortune auprès d'Annette, si bien que ie pris vne si grande familiarité auec

elle, qu'elle me permit de luy écrire mes amoureux ressentiments, dont i'estois moy mesme
me le porteur. Elle prenoit vn extreme plaisir à
receuoir mes lettres & mes poulets, c'estoit
vne viande dont elle n'auoit iamais gousté,
comme n'estant pas de condition assez releuée,
tellement qu'elle estoit rauie de se voir honorée
des respects & des loüanges dont ie la traitois.
Mes lettres commençoient ordinairement par
ce stille vulgaire, *I'ay pris la hardiesse*, *Vostre gran-*
de beauté, *Les flammes qui m'embrazent*, *Les soleils*
de vos yeux & la fin estoit tousiours pleine de soub-
missiós en tels cas requises, ie me disois l'esclaue
de ses esclaues, la butte & le blanc destiné pour
receuoir les coups de ses traits, & tout cela, estoit
enuironné de fermesses, & de cœurs lardez de flé-
ches, & par ainsi nous vinsmes à vn tel point,
que nous ne parlions plus que par tu & toy.

Neantmoins parmi tous ces libres accez, ie ne
pouuois l'aculer, mais enfin voyant qu'elle estoit
autāt ambitieuse que curieuse, ie luy dis vn iour
en grande confidence, que ie sçauois vn secret
d'importance que la Magie naturelle m'auoit appris, pour se faire aymer de telle personne qu'on
voudroit, & que i'auois vne si vehemente passió
pour son auancement & sa fortune, que ie luy en-
seignerois, si elle le vouloit reconnoitre de quelque faueur. Cette proposition luy fit ouurir les
oreilles, mais pourtant elle estoit assez fine, pour
ne se pas laisser attrapper à ces simples paroles:
Quelle recompense en voudriez vous, me dit elle en riant, il y roit trop du mien de donner vne

faueur fur vn mauuais gage , mais fi vous me
voulez faire quelque ouuerture de voftre fecret,
ie verray apres ce que i'auray à faire. Ie trouuay
fa réponce affez aduantageufe pour moy, car vne
ville qui parlemente ainfi, eft à demy renduë. Ie
luy promis de luy donner tout le contentement
qu'elle pourroit defirer en cela , & que fi elle me
vouloit entendre deuifer là deffus, qu'il falloit
que ce fuft en particulier & à loifir. L'impatience qu'elle auoit auffi bien que moy, ne luy fit pas
prendre plus de delay que l'attente de la nuict
fuiuante, A vne heure apres minuit , me dit elle
nous en deuiferons à la feneftre de ma chambre,
quand tout le monde de ceans fera retiré & endormy : car fi vous eftes fi adroit & fi fçauant,
vous trouuerez bien moyen de defcendre à ma
feneftre, par la galerie qui eft au deffous de ma
chambre, ou répond la voftre. Adieu, cela vaut
fait, luy di ie.

Defirant donc éprouuer ma deftinée, ie me tins
preft à l'heure dite : mais le diable qui eft fubtil
en tout,voulut eftre de la partie, fi bien que comme ie me mis en deuoir de me gliffer par dehors
la galerie,pour aborder la feneftre d'Annette, le
pied me manqua , ie tombay à la renuerfe fur le
toict d'vne maifon voifine , ou demeuroit vn
Greffier, qui n'eftoit pas amy de mes hofteffes.
La cheute fut fi grande, que ie rompis toutes les
tuiles, qui firent vne forte impreffion dans mes
coftez.A ce bruit là i'éueillay le chat qui dormoit , dont mal m'en prit, car i'experimentay à
mon dam,la verité du prouerbe.Le Greffier commença à crier au larron ; & en mefme temps,

accompagné d'un sien frere & de deux Cleres,
monte sur le toict, & moy qui voyoit cela, ie
voulus cacher derriere vn tuyau de cheminee,
mais ce ne fut qu'augmenter ma peine : car me
ayant apperceu, ils se vinrent ietter sur ma part te
friperie, me penserent assommer. Apres cela ils
me lierent, sans qu'aucune excuse me pust seruir.
Annette voyoit bien tout ce desordre, mais elle
croyoit que ce ne fut que des illusions de ces diables incarnez. I'auois beau dire que ie logeois ches
leur voisin, qui respondroit que ie n'estois point
larron : ils ne s'en faisoient que moquer. Ie me
mettois à genoux deuant eux : mais point de mer-
cy. Pour conclusion, ils me traisnerent dans vne
caue, & me laissant sur des fagots, m'enferme-
rent là iusques au iour, qui toutesfois ne tarda
gueres à venir, car ma disgrace arriua sur les
deux heures apres minuit, & c'estoit aux grands
iours d'esté.

Il est delluré de la peine ou il estoit tombé.
L'inuention dont il vse pour sortir de de son
logis sans payer.

Onsiderez vn peu la cruelle infortune. Ie me proposois de desrober seulement quelques faueurs amoureuses,
& me voilà pris en qualité de voleur.
Ie passay la nuict auec des inquietudes d'esprit, qui mefaisoient mille fois plus de
mal que ma cheute, ny les coups que i'auois receus; car bien qu'ils fussent excessifs, ie ne sçauois
par quelle industrie ie pourrois sortir d'vn si ef-
froyable labyrinthe. Le iour venu, mon Greffier
me fait tirer de la caue, & amener deuant
luy. Il commença à m'examiner, & me repro-
cher le vice du larcin, ou il parut fort élo-
quent : car il entendoit tres bien le mestier, Cependant Annette desabusee de la creance de mes
charmes, aduertit son pere & sa mere de mon
infortune, leur donnant à entendre, qu'en
voulant faire deuant elle vn tour de disposition &
de l'art de voltiger sur le bord de la gallerie, i'e-
stois tombé chez leur voisin, qui m'auoit pris côme voleur, & non pas comme voltigeur. Elle pria
quant & quant les deux hostes, le Catallan & le

Portugais , d'aller rendre témoignage de ma
probité & preud'hommie. Mais ils ne furent pas
pluftoft entrez , que le Greffier commença à def-
gaîner l'efpée de fa plume , & les prendre pour
complices du larcin pretendu. Le Portugais ne
pouvant fouffrir cét affront là , fe mit à le mal-
traitter de paroles , difant que pour fon regrad il
eftoit Gentil homme de la maifon du Roy ; &
pour moy que i'eftois vn homme d'honneur ,
qu'il auoit tort de croire que i'euffe eu deffein
de le voler : & en mefme temps s'en vint me dé-
lier. Le Greffier qui fe trouua tout feul chez luy,
n'eut recours qu'à fes cris : mais quoy qu'il fceuft
faire, ie fus mis en liberté. Le Greffier voyant que
perfonne ne le venoit fecourir, fut contraint de
ceder à la force , & de laifcher la proye. Cette
violence là, dit il, vous pourroit bien coûter cher:
Au moins , dit il (voyant que nous nous en
allions) donnez quelque chofe pour mes tuilles
qui ont efté caffées , ie connus bien ce que cela
vouloit dire : ie tiray huict reales de ma cachette,
& les luy donnay. I'eftois lors fi liberal , que volontiers ie luy euffe rendu les coups de bafton
qu'il m'auoit baillez auec intereft : mais pour ne
pas declarer que ie les euffe eus , ie les emportay auec moy , en rendant mille actions de graces
au Portugais & au Catalan, qui m'auoient rache-
té d'vn fi notable peril.

Quand nous fufmes entrez dans le logis , le
Catalan fe gaufoit de mon auanture ; tantoft il
demandoit en ma prefence combien valoit la
charge de bois : tantoft que la proprieté eftoit
grandement recommandable, & qu'il faifoit bon

faire secouër les habits, qu'ils en duroient dauantage. A la fin ie me sentis si offencé de ses moc-
queries, & d'autre costé si obligé à son assistance, que pour trouuer vn milieu entre ces extré-
mitez, ie me deliberay de faire vne eclipse, & de
sortir du logis, & quant & quant trouuer inuention de ne rien payer du logement ny de ma despence de bouche, qui montoit assez haut: car ie
disois que les frais que i'auois fait en colations
& presens m'en auoient bien acquitté. Il n'y a-
uoit que mon valizon qui me mettoit en peine,
dautât qu'il me le faloit emporter sans qu'ons'en
apperceust. Ie communiquay mon dessein à vn
certain dessalé d'escolier que i'auois connu en
Alcala, lequel accompagné de deux certains personnages de ses amis, & deux hommes qui portoient vne chaire couuette, pour me trans-
porter sans scandale, & aussi parce que ie ne
pouuois marcher, s'en vint la nuit en ce logis, &
demandant l'hoste & l'hostesse, leur dit qu'il e-
stoit enuoyé de la part de l'Inquisition, & qu'il
ne faloit point faire de bruit, parce que le secret
estoit necessaire de cette action. Voila la frayeur
qui les saisit, s'imaginant que i'estois accusé de
Magie, comme ie leur auois dit que ie m'en mes-
lois, si bien qu'elles demeurerent muettes. Mais
quand il fut question d'auoir mon valizon, ils
rompirent le silence & commencerent à demander des gages de ce que ie leur deuois: mais les
mattois responditent que c'estoit des biens de
l'Inquisition, laquelle estoit soluable pour leur
faire raison de leur deub. La crainte & le respect
leur empescha de repliquer, ils me laissèrent

emporter auec mon bagage, en regrettant mon
malheur, & difant qu'ils l'auoient toufiours ap-
prehendé, comme il eftoit aduenu.

Bufcon fe fait medicamenter, eft griefuement
malade : l'entretien qu'il a auec fon hufteffe,
de laquelle il fait vne defcription : il eft
pris de la Iuftice comme fon galant : fait le
meftier de beliftre mendiant, où il amaffe fa
ce argent, puis s'en va à Tolede.

ME voilà donc hors des griffes du Greffier, & des belles mains d'Annette:
mais à faute de m'être fait faigner
& medicamenter apres ma cheute &
les coups que le Greffier m'auoit donnez, ie me fentois fi debile, que ie ne me pouuois
quafi foûtenir : de forte que pour me repofer a-
pres tant de fatigues, ie m'en allay prendre logis
à vn autre bout de la ville fort loin de là, chez
vne boane femme qui me receut fort courtoife-
ment, car ie ne fis pas femblant d'eftre indifpo-
fé, elle ne m'euft pas voulu loger. Ie demeuray là pres d'vn mois griefuement malade, où ie
dépençay prefque tout l'argent que i'auois de

reste de la succession de mon pere. Vn iour que
ie commençois à entrer en conualescence, enuiron sur les six heures de matin, comme ie me ré-
ueillois d'vn songe de la mort, excité des pensees
des maux que i'auois endurez, ie voy mon hôtes-
se à mon cheuet, qui me pensa faire éuanouir de
peur : car ie croyois veritablement que ce fust la
Mort mesme. C'estoit vne grande femme seiche,
qui pouuoit auoir quelque 60. ans: son visage e-
stoit de couleur de bouis, & aussi ridée que l'é-
corce d'vn vieux chesne; elle tenoit tousiours vn
Chapelet à la main, dont elle grommeloit perpe-
tuellement, comme vne chatte que l'on caresse,
Elle auoit vne grande renommée dans le quartier, comme vne femme qui faisoit plaisir à plusieurs, parce qu'elle se mesloit de beaucoup de
mestiers, tantost elle faisoit des maquerelages:
elle prestoit à interest & sur bons gages : sa maison n'estoit iamais vuide de gens : elle estoit fort
adroite à enseigner aux filettes qui pretendoient
à la profession Courtisanne, comment il faloit
porter le voile sur le visage, & quelle partie
estoit auantageuse à découurir: A celles qui a-
uoient les dents blanches & bien rangées, elle
conseilloit de rire tousiours, mesmes aux occasiõs
où il faloit pleurer : elle donnoit aduis à celles
qui auoient les mains belles, de toucher souuent
à leur voile afin que la noirceur fist mieux paroistre la blancheur: d'oster le gand à tout moment
& de le remettre quant & quant: elle instruisoit
celle qui auoient de beaux cheueux, de porter
des moustaches comme les hommes, pour les faire
voir; & donner aussi des preceptes pour mouuoir

les yeux, selon qu'on les auoit grands ou petits,
En matiere de fards, elle y estoit si sçauante, que
telle qui eust esté noire comme vn corbeau, elle
la rendoit si blanche, que son mari ne la reconnoissoit plus quãd elle retournoit chés luy. Mais
le mestier où elle estoit tres experte, c'estoit à
racoustrer les pucelages ébrechez, sans qu'il y pa-
rust defaut quelconque. En huit iours seullemẽt
que ie fus chez elle, ie luy veis exercer toutes ces
sciences. Elle apprenoit outre cela, comment il
falloit attraper le joyau du galent, aux petites
filles par galanterie & par maniere de ieu: à celles qui estoient plus auant en aage, par la faueur,
& aux vieilles par recompense. Elle monstroit la
methode qu'il falloit obseruer, pour demander
de l'argent monnoye, ou des bagues & des pier-
reries. I'ay fait tout ce recit, pour vous émouuoir à compassion, en considerant en quelles
mains i'estois tombé & afin de vous faire mieux
pezer les propos qu'elle me tint, qui commencerent par ces paroles, car elle ne parloit que par
prouerbes.

Mon fils, a tousiours prendre & ne rien mettre
il n'y a si gros tas qui n'apetissent De telle poudre telle bouë, de telles nopces telles tartes. Ie
ne te comprens point: ie ne sçay pas ta maniere
de vie, tu es ieune, & c'est pourquoy ie ne m'é-
tonne pas de ce que tu te laisse emporter aux dé-
bauches, sans prendre garde qu'en dormant nous
allons au cimetiere. Comme aagée que ie suis, &
experimentee, ie te puis admonester, Qu'est ce à
dire cela: On m'a dit que t'as dépencé beaucoup
de bien à mille badineries? & que l'on t'a veu en
cette

cette ville, tantost l'Ecolier & tantost Canalier,
selon les occasions & les compagnies que, tu as
frequentées. O mon enfant dis moy auec qui tu
as vescu : & ie deuineray tes habitudes: chacun
auec son pareil : apprens, mon ami, que bien souuent la soupe se rend entre l'écueille & la bouche.
Hé! lourdaut que tu es, si les femmes, se faisoient
naistre quelques desirs , ou estois ie ? ne mecon-
noissois tu pas ? ignorois tu ma suffisance en telles affaires? sans t'amuser à vander, tantost auec
vn gueux , & tantost auec vn autre, pour quelque
infame canaille de palefreniers: mais il falloit que
l'habillement fut complet : & que les chausses
fussent de mesme le pourpoint. Si tu te fusse re-
commandé à moy, ie te repons que tu aurois és-
pargné force pistoles que tu as consommées mal
à propos : car il ne t'en t rien gousté, ie ne me
soucie pas de l'argent, & mesme ie ne te deman-
derois iamais rien de celuy que tu me dois , pour
ton logement, si ie n'en auois besoin pour achet-
ter quelques herbes, & chandelles , dont i'ay affaire pour vn œuure que i'ay commencée : Elle
auoit vn peu de commerce dans le sabat.

Quand elle eut acheué son discours, & que ie
vis que tout ce grand preambule ne tendoit qu'à
me demander de l'argent que ie luy deuois, ie
luy dis que ie serois fort marri d'estre cause par
ma nonchalance qu'elle manquast de moyen de
venir à bout de ses ouurages si necessaires à la
republique, & comme ie luy contois l'argent
que ie luy deuois, mon infortune qui se souuient tousiours de moy, & le diable qui ne m'ou-
blie pas, s'associant ensemble, voulurent p en

X

la vint prendre, accusee de faire concubinage auec vn certain mal heureux homme, qu'ils sça-uoient estre dans le logis. Voiez vn peu la belle fortune ! Ils entrerent droit dans ma chambre, & me trouuant au lit, & elle aupres de moy, ils creurent que ie fusse le galãt: en mesme temps ils serment la porte, & venant à moy, me prenant par le bras, me retirent fort rudement hors du lit, & me traisnerent par la chambre, car ie ne pou-uois me soustenir sur les iambes. Cependant deux autres diables, tirailloient ma pauure ho-stesse, & la qualifioient de maquerelle & de sor-ciere.

Au tintamarre de ces Sergens & recorps, & aux cris que ie faisois, l'amant de cette Vrgan-de, qui estoit à la chambre proche la mienne pen-sant se mettre en lieu de seureté, sortit en suiant, ayant ouy que ie disois qu'ils me prenoient pour vn autre qui estoit dans la maison, & les Sergens l'apercevant coururent apres & l'atraperét: ils les lient tous deux ensemble, & les menerent en pri-son, m'ayant auant que sortir, demandé pardon de l'outrage qu'ils m'auoient fait, puis ils me laisserent là, Ie demeuray encore enuiron huict iours dans cette maison, entre les mains des bar-biers, sans pouuoir marcher qu'auec des poten-ces & pour dernier comble de misere, ie n'auois plus d'argent, car les cent reales qui m'estoient restees, furent employées à me faire penser: de sorte que de peur de mourir de faim là dedans, il me fallut deliberer de sortir de la maison sur les potences, & vendre ce peu d'habillemens que i'auois sur moy, qui estoient encore assez bons.

De cet argent là , i'en achetay vn vieux colet de
marroquin, vn pourpoint de toille de chanure
neufue: vn meschant caban rapetacé: & ayant mis
des vieux sacs de cuir & de drapeaux autour de
mes iambes, affublé ma teste du capuchon du caban, vn crucifix de bronze pendu au cou, & vn
grand chapelet à la main: ie m'en allay pourchasser mon auenture. Le reste de l'argent prouenu
de la vente de mes habillemens, ie le cousis dans
mon pourpoint. Ie pris vn ton de voix dolent ,
pour esmouuoir le monde à compassion : & de
cette sorte là, ie me mis à exercer le mestier dela
besace: d'où il ne vient pas quelquefois vn mauuais reuenu, quand on le sçait faire valoir. Ie m'e-
studiois à vser de paroles extraordinaires pour
mandier: Fidelles Chrestiens, disois ie, seruiteurs
de Dieu, ayez pitié de ce pauure corps accablé
de playes & d'infirmitez, & qui supporte patiém-
ment sa douleur. Voilà côme ie parlois les iours
ouurables: mais aux festes, ie changeois de langage, La foy sans la charité est inutile, disois je, A-
mes deuotes enuers Dieu, qui est la mesme charité, & par le merite de Marie cette grande Prin-
cesse, & cette Reine des Anges, donnez l'aumosne à ce pauure inutilé & affligé de la main du Seigneur : puis en laissant aller vn profond souspir, ie
faisois vne grande pause : car cela est important
à l'action. Helas! disois ie apres vn air corrompu est tombé sur moy , en trauaillant pour gaigner ma vie, qui m'a mis en la misere où vous me
voyez, car i'ay esté aussi sain que vous, mais loüé
soit Dieu. Auec cette methode là, les doubles &
les sous pleuuoient (dans vn vieux cu de chapeau

X 2

que ie tenois (preſque auſſi dru que la greſle, &
lors ie me repentis que ie n'auois pluſtoſt pra-
tiqué la vie beliſtreſſe, dans laquelle ie trouuay
inuention de m'accoſter d'vn vieux gueux auec
qui ie me logeay, qui eſtoit corrompu & ſubtil au
meſtier, s'il y en euſt iamais au monde, & qui
pouuoit eſtre le Recteur du College des coquins.
Cettuy cy auoit vne hergne artificielle, qui
eſtoit auſſi groſſe qu'vne boule où il iouë aux
quilles il ſe ſerroit le bras par en haut, auec
vne corde, & faiſoit parouſtre vne de ſes mains
comme enflee & enflammee tout enſemble,
il ſe couchoit par terre, & laiſſoit ſortir
ſa fauſſe hergne hors de ſes chauſſes, & mettoit ſa main en repos ſur vn petit oreiller, diſant d'vne voix fort lamentable : Conſiderez
mes amis la miſere & l'infirmité qu'il plaiſt à
Dieu de faire ſouffrir à vn pauure Careſtien,
S'il voyoit paſſer vne femme : belle Dame, diſoit il, la grace de Dieu vous accompagne, Il
y auoit telle laide, qui ſe plaiſoit à paſſer où il
eſtoit, combien que ce ne fuſt pas ſon chemin,
afin d'auoir le contentement de ſe faire appeller
belle, Si quelque trafiqueur d'eſtime paſſoit deuant
luy, il l'appelloit Capitaine ſi quelqu'autre condition, il l'appelloit Caualliers il y eut paſſer
vn carroſſe, il y ſoit les termes d'voiſtre Seigneu-
rie ſi quelque Eccleſiaſtique, il faiſoit incontinent Monſieur l'Abbé en luy, il expedioit promptement des Lettres de toutes ſortes d'office à
peu de frais pour auoir y auois dequoy il air il
pourtant vn grand trafict. Comme ie me vi
auiron trois cens francs que j'auois gaignez en

moins de six sepmaines, & que i'auois repris toutes mes forces, ie me deliberay de quitter la
Cour, & de m'en aller à Tolede, où ie n'estois
connu de personne, l'achettay vn habillement
gris & me garnissant d'vne espee, ie pris congé
de mon camarade gueux. l'auois icelt rage trop
haut, pour m'arrester dauantage en cette coqui-
ne de vie: & apres luy auoir dit adieu, ie pris le
chemin de Tolede.

Il se met d'vne Compagnie de Comediens: de-
vient amoureux de la femme d'vn de ses
compagnons: est quasi assommé sur le thea-
tre, & pourquoy: comediens gaussiez;
la disgrace qui arriué à la compagnie,
Buscon se fait Poëte, puis il vuic le me-
stier.

AV premier giste que ie fis, ie
trouuay vne compagnie de Co-
mediens qui alloient à Tolede:
ils menoient trois charettes auec
eux, & ma bonne fortune voulut
qu'vn de ces gens là auoit esté mon compagnon

N 3

lors que i'allay estudier à Alcala, lequel auoit re-
noncé aux liures pour s'enrooller en cette vie li-
bertine. Ie luy communiquay le dessein que i'a-
uois fait de quitter la Cour, & d'aller au stià Tolede, & apres les embrassades ordinaires en
telles occasions, il fit tant auec ses compagnons,
qu'ils me permirent d'aller auec eux. Quand il
fut question de partir, ils me firent contribuer
pour ma part en la despence des cheuaux, & par
ce moyen ie montay dans le chariot. Ils estoient
tous ensemble pesle mesle, les hommes auec les
femmes, entre lesquelles i'en apperceus vne fort
belle, qui estoit baladine, qui representoit les
Reynes, & les Princelles des comedies, qui me
donna dans la visiere. Il arriua que ie pris place
auprés de son mary, & sans sçauoir à qui ie parlois; porté d'vn desir amoureux & aueugle de
cette femme:Sçauriez vous point, luy dis je,
comment on pourroit faire, pour negocier auec
cette marchande là, & mettre vne vingtaine
d'escus dans le trafic, car elle me semble fort belle : il ne me sieroit pas bien, me répond il de vous
en enseigner les moyens, car ie suis son mary,
mais ie vous diray, cet argent là seroit fort bien
employé en sa marchandise, car à parler sans
passion, ie vous puis asseurer qu'il n'y a pas au
monde vne chair plus delicate, ny plus belle, ny
qui soit d'humeur plus folastre qu'elle. En disant
cela, sort de ce chariot là, & se va mettre dans
vn autre peut estre pour me fauoriser les moyens
de parler à elle, ie trouuay ce procedé là fort
plaisant, & reconnus, comme il disoit, qu'il n'a-
uoit point de passion. Voulant donc iouïr de

l'occasion ie m'accoste d'elle, ie la caiolai le plus
gratieusement que ie pus elle me demanda ou
i'alois , elle s'enquit de mon bien & de ma condition , enfin , apres plusieurs paroles, les œuures furent remises à Tolede , pour les faire
plus commodement. Nous allons gayement
par le chemin , & par rencontre , ie me mis à
reciter vn certain personnage d'vne comedie,
& de sainct Alexis, que i'auois reprefenté
estant petit garçon: car on ne fait quasi en Espagne, que des Comedies de pieté , tant ils sont
bons Catholiques , ie fis ce recit auec vne si
bonne action , qu'ils me demanderent si ie
voulois entrer en leur compagnie & pour m'en
donner plus de desir , ils me dirent force loüanges de la profession , & moy qui auois defia tant
d'affection pour ceste ieune femme, ie me senti à
gratter par ou ie me demangeois, si bien que ie
m'engageai à demeurer auec eux pour deux ans
nous en fismes vne obligation bien signée & at-
testée, & puis il me donnerent mes personnages &
mes roolles à estudier, & cependant nous arriuafmes à Tolede ou ie me fis admirer comme vn des
plus suffisans du theatre.

Nous entreprimes vne Comedie qui auoit
este composée par vn de la troupe , & ie fus
grandement estonné de voir que les Comediens
fussent Poëtes , car ie pensois qu'il n'y euft que
les hommes doctes, & sçauants, qui se meslassent
de cét art là: mais i'apris qu'au téps, qui court la
plus part des Acteurs composent des comedies.
Le téps est bien changé: car il me semblé qu'il n'y

X 4

auoit autre fois que l'executent Lope de Vega
qui en eſcriuent. Nous repreſentaſmes donc ceſte
Comedie, qui fut autant mal ordonnée qu'elle
eſtoit mal faite : tellement, que perſonne n'y put
iamais rien comprendre, & chacun s'en alla fort
meſcontent. Le lendemain le Compoſiteur
croyant l'auoir bien reformée, nous obligea de
la iouër encore : Dieu voulut pour moy qu'elle
commençoit par vne guere, & que i'entray ſur
le theatre armé de cuiraſſe, d'vne ſalade, & d'v-
ne rondache : car ſans cela i'euſſe eſté aſſommé à
coups de pierres & de baſtons qu'on me ietta.
Iamais on ne vit vne telle tempeſte. Et en effet,
la comedie merit 'ien ce payement la, car
elle changeoit vn Roy ʒ Normandie en Hermite, ſans rime, ny raiſon, & faiſoit entr r ceux la-
quais pour vn plaiſant intermede, & puis pour
demeſler les intrigues il ſe faiſoit vn mariage general de tous les perſonnages : mais nous euſmes
bien ce qu'il nous falloit. Nous nous miſmes tous
à gourmander & blaſmer noſtre Poëte mal éclos
& moy, luy remonſtrant à quel danger il nous
auoit expoſez, il me dit qu'il n'y auoit rien du
ſien en la Comedie, ſinon les changemens d'v-
ne choſe deuant vne autre, dont il auoit fait vn
manteau de pieces raportees, & que tout le
mal venoit de n'auoir pas eſté bien couſu &
rentraité enſemble. Il me confeſſa que tous les
Comediens qui compoſoient des Comedies,
eſtoient obligez à reſtituer, car ce n'eſtoit que
des larecins qu'ils faiſoient ʒ autruy & qu'il n'y
auoit point Comediens qui peuſſent faire vn

seul vers autrement. Cet artifice la ne me sembla impertinent, aussi me prit il enuie de m'en
seruir, car ie me trouuois vne certaine inclination à la Poësie , veu aussi que ie connoissois
quelques Poëtes, & que i'auois leu Garcilaso,
vn ancien poëte Espagnol : tellement que ie me
deliberay de me ietter sur l'art , & par ainsi, auec
l'accez voluptueux que i'auois auec la Come-
dienne, & le gain que nous faisons , ie passois
doucement la vie, car nous amendasmes nos sau-
tes passees, & fismes des Comedies d'importance, ou ie gaignay beaucoup de bonne reputation & encore de meilleur argent. Nous n'a-
uions pas seiourné vn mois dans Tolede , que
i'auois desia fait profit de trois bons habillemens
& mesmes il se trouua d'autres compagnies
de nostre mestier , qui me vouloient debau-
cher pour aller auec eux. Ie faisois déja
l'entendu dans la comedie : ie me disois des
plus fameux , ie reprimois leur gestes &
leurs accents : on demandoit mes aduis pour
les ornemens des theatres , & pour faire les
feintes : si quelqu'vn nous venoit à presenter
quelque comedie nouuelle , il faloit que
ce fut moy qui l'examinast ; de sorte que
ie pris tant de vaine gloire de ma suffisance,
que ie me mis à repeter des rimailles , &
en peu de iours ie deuins Poëte, & , sus
allez audacieux pour composer vne comedie,
par le moyen de laquelle ma reputation ,
fut tellement argmentée , que ie n'auois pas
allez de mains pour escrire des vers : on

ne voyoit que proceſſions de fous amoureux qui
me venoient trouuer, pour ſe confeſſer de l'eſtat
de leurs amours, & me prier de leur compoſer.
les vns des chanſons ſur l'abſence, les autres ſur
les deſdains, d'autres ſur la ialouſie, & ainſi du
reſte, ſelon la diuerſité de leurs paſſions ; mais
chacune de mespieces auoit ſon prix particulier
Il eſt vray que ie faiſois bon marché, afin d'attirer de la chalandiſe. Or vne fois, en eſcriuant vne
comedie, il m'aduint vne choſe la plus plaiſante
du monde, & encore qu'elle ſoit à ma honte,
ie ne veux pas laiſſer de lavous raconter. Il faut
ſçauoir que quand la fureur poëtique me ſaiſi-
ſoit, ie me pourmenois par ma chambre, &
recitois mes vers auſſi haut, & avec la meſme vehemence, que ſi i'euſſe eſté ſur le theatre ; & vn iour à l'heure de midy, comme la
ſeruante de l'Hoſtellerie où i'eſtois logé, montoit le degré qui eſtoit fort eſtroit & obſcur,
tenant deux plats l'vn ſur l'autre, l'vn de potage, & l'autre de viande, qu'elle m'aportoit
pour mon diſner, i'eſtois ſur vne deſcription de
chaſſer aux beſtes feroces, & ſur l'imagination
d'vn homme qu'vn Ours auoit atterré, & comme ſi affectiuement c'euſt eſté moy meſme, ie
me mis à crier eſtroyablement.

> Sauue, ſauue toi de cét Ours,
>   Si tu ne veux finir tes iours;
> Ie ſuis en pieces dechiré
>   Pour ne m'en eſtre retiré :

Sanue , sauue toy', ie le voy
Qui s'en va se ietter sur toy.

La pauure fille fut si effrayée dema clameur &
de mes paroles, qu'elle crût que veritablement ie
l'aduertissois de se sauuer , de peur d'estre deuo-
rée. La grande haste qu'elle eut de s'enfuir , la
fit roulle sur les degrez , & les plats aptes elle,
& s'en va dans la ruë toute décoiffée , crier
qu'il y auoit vn Ours dans la maison qui e-
stangloit vn homme : moy qui entendis cette
rumeur, ie sorts de ma chambre pour des abuser
la pauure fille : mais quelque diligence que ie
peusse faire , ie trouuay delia dix ou douze voi-
fins à la porte , auec des pertuisanes, des espieux
& hallebardes, qui demandoient tous eschauf-
fez où estoit cét ours, ie leur contay l'occasion
de la terreur panique de cette seruante , & leur
recitay les vers qui les auoient tous mis dans cét
alarme. Ils furent honteux de leur emotion , &
pour se vanger ils donnerent le Poëte & la Poësie
à tous lesdiables. La diette qu'il me fallut faire
ce iour là sans besoin, me fit bien plus de mal
que leur malediction : il me fallut dire graces a-
uant le Benedicite. Mes compagnons en ayant eu
les nouuelles, en penserent composer vne farce:
toute la ville en fut abrevée , comme de plusieurs
autres disgraces qui m'aduinrent tant que ie per-
seueray dans cemal'heureux estat de Poëte. Peu
de temps aptes, il arriua vn autre accident, qui fut
ressenti de tous les mebres de la compagnie, caril

s'adreſſa au chef. Le maiſtre de la bande ſe trouua engagé en quelques debtes à des Frippiers qui
luy auoient vendu des habillemens & autres
vſtenſiles ſeruant à ſon meſtier: & n'en pouuans
eſtre payez, ils luy firent mettre la main ſur la
fraize, qui fut gauderonnee à la confuſion, & le
conſtituer priſonnier, ou il demeura fort long-
temps, car vne infinité d'autres creanciers le vin-
drent arreſter pour leur deub, le faiſant ſerrer
encore plus eſtroitement: & par ainſi tout noſtre pauure corps fut deſmembré, & chacun fut
contraint de prendre party ailleurs: Il ſe trouua bien d'autres trouppes qui ne demandoient pas
mieux que de m'attirer auec eux, mais i'eſtois
deſia las de la profeſſion, & ne m'y eſtois mis
que par neceſſité.

Buscon fait connoissance auec vn des Comediens & s'en vont ensemble à Seuille. Il deuient amoureux de la fille d'vn marchand fort riche. Ils entrent pour seruiteurs domestiques chez elle. Les admirables feintes, déguisement, & subtilitez, inuentions & stratagesmes, dont Buscon se sert pour obliger cette fille à l'aymer, en fin son mariage auec elle qui est vne agreable & tres-facecieuse histoire.

ME voyât donc assés bien couuert enuiron mille francs en bourse, ie fis confidence auec ce Comedien qui m'auoit introduit dans la compagnie, qui s'appelloit Aiilier, homme de courage, & qui n'auoit pas mauuais esprit: nous deliberasmes ensemble de cour-

ré le pays, & d'aller à Seville, auec deſſein eſtant
la de changer d'habit & de condition, & de
contrefaire les Caualiers pour frequenter plus
librement les Academies de jeu, & aſſayer à
faire valoir l'intelligence que nous auions a-
uec les cartes & les dez. Nous achetaſmes chacun vne bonne mule, & arriuaſmes aſſez heu-
reuſement à Seville, vne des plus belles citez
d'Eſpagne, ſans auoir rien debourcé de noſtre
argent : car il s'eſtoit trompé par le chemin des
dupes que nous auions embarquez au jeu, &
que nous ſceumes ſi bien plumer, qu'ils nous
defrayerent. Peu de temps apres noſtre arriuée,
nous vendiſmes nos montures, & nous miſmes
en l'equipage que nous nous eſtions propoſez,
où la Comedie nous auoit ſi bien ſtilez, que
perſonne ne nous pouuoit prendre pour autres, que pour Gentils hommes. Nous commençaſmes donc à nous informer quelles compagnies il y auoit, & les lieux où elles s'aſſem-
bloient : & pour en auoir plus de connoiſſance,
nous nous promenions par la ville, & appre-
nions le nom des rüés, des maiſons, & des
Grands qui y reſidoient : mais il nous falut bien-
toſt changer de projet : car vn iour comme nous
faiſions cet exercice, & que ie conſiderois vn
baſtiment qui me ſembloit aſſez remarquable,
i'apperceus vne jeune bourgeoiſe à vne feneſtre,
doüée d'vne parfaite beauté, qui ne paraiſ-
ſoit pas auoir plus de quinze ans. Comme ie
la contemplois, elle ſe retira, & moy ie paſſay outre. Alors m'adreſſant à mon camarade ;
Que dis tu Aliſtor, as tu veu cette Dame qui

estoit à cette fenestre? Ouy, respond-il ie serois
fort mary de ne l'auoir pas veuë, car c'est vn visage digne d'admiration: & moy, luy dis-je, ie
voudrois ne l'auoir iamais regardee:car elle m'a
rauy l'ame Alistor pensant que ie parlasse par
galanterie, se mit à me gausser, & me dire que
ie n'auois pas le goust depraué: on pourroit bien
disoit-il, se piquer d'vn moindre sujet: maispas-
sons chemin, ce n'est pas viande pour nos oy-
seaux. Nous fismes encore quelques tours par la
ville, & gaignasmes nostre logis, parce qu'il e-
stoit heure de souper: mais estant à table, il fut
hors de mon pouuoir de manger, ny de rien dire.

Quand l'heure de se retirer fut venuë, nous
nous allasmes coucher: mais toute la nuict ie ne
fis que souspirer & regretter ma condition, qui
m'empeschoit de suiure mon inclination. Alistor qui auoit vn grand ressentiment de ma peine, me promettoit des choses impossibles pour
me consoler. Il ne faut, disoit-il, que s'informer
de la qualité & de son bien, & si c'est quelque
chose qui merite d'employer l'industrie, quand
nous y deurions perir, il faut tenter nostre fortune.

Ie n'estois pas encore si aueuglé de passion,
que ie ne connusse bien que ces projets là e-
stoient chimeriques: mais pourtant ils ne lais-
soient pas de m'alleger vn peu l'esprit: Le iour
venu, nous allasmes ensemble en la rue où i'a-
uois laissé mon cœur & perdu ma liberté, à dessein
de nous enquerir qui estoit ceste humaine diuinité: On nous dit que c'estoit la fille d'vn riche Mar-
chad, qui depuis 6 mois estoit allé aus Indes, & que

cette beauté là, demeuroit en la garde de sa mere, & d'vn sien oncle, associé dans le negoce a-
uec son pere ; qu'elle s'appelloit Rozelle : &
qu'elle estoit recherchée de plusieurs Cavaliers
de Seville, tant parce qu'elle estoit fille vnique
d'vne maison extrémement riche ; que parce
qu'elle estoit aussi vniquement belle, Ce difcours là me fit iuger que i'estois blessé à mort
& qu'il n'y auoit point d'esperance de guerifon : Mais comme l'amour esueille l'esprit & fug-
gere des inuentions, ayant apris qu'il estoit
mort vn seruiteur, qui menoit & accompagnoit
la mere & la fille, quand elles sortoient de la
maison, & d'ailleurs, qu'l'oncle de Rozele a-
uoit congedie le sien, ie me perfuaday qu'Ali-
flor & moy, pourrions bien efperer d'entrer en
leur place. Ie luy communiquay cette inuention
qu'il trouua fort à propos, & pour effayer à la
conuertir en effet, il nous fallut prendre des habits de moindre éclat que ceux que nous auions
achetez. Nous pratiquasmes vn Tailleur qui
demeuroit auprés la maison de Rozele, & luy
promismes deux pisteles pour son vin, s'il nous
pouuoit faire entrer en la place vacante de ces
deux domestiques Ce Tailleur nous accorda ce
que nous desirions, iugeant la chose affez facile
felon la belle deffaite dont nous estions, tant y a
qu'il agit si dextrement, que peu de iours apres
il nous mena dans le logis, & nous prefenta à
l'oncle de Rozelle, lequel l'ay nit confideré nos
mine, & apres nous auoir fait quelques legeres
enterrogations, nous arrefta à son feruice pour,
aller dés le lendemain.

Or

Or afin de mieux conduire nôtre artifice, nous
auions aduisé Aliftor & moy, que ie porterois
vne camifolle de Milan par deffous ma roupille,
a laquelle feroit attaché l'Ordre de S. Iacques,
auec vne coquille d'or, & la croix couuerte felon
fa forme, laquelle feruiroit a faire croire que
i'eftois Cheualier de ćét Ordre-là, quand nous en
verrions l'occafion propre. Le iour venu que nous
auions bromis à l'oncle de Rozelle, nous ne man-
quafmes pas de l'aller trouuer. Il nous inftruifit,
& nous mit en poffeffion du feruice qu'il de-
firoit de nous : enquoy depuis nous luy donnaf-
mes tant de contentement, comme auffi à la belle
fœur & à fa niepce, qu'ils louoient à toute heure
celuy qui nous auoit donné à eux. Pour le regard des autres feruiteurs, il nous fut aifé de gaigner leurs affections par le moyen de certaines
petites liberalitez que ie leur faifois (car la liberalité eft la fille aifnée de l'amour) de façon
qu'il n'y en auoit pas vn qui n'euft volontiers ex-
pofé fa vie pour nous. Noftre argent, qui montoit enuiron à mille francs, fut entre les mains
d'vn marchand fans luy en demander aucun intereft, mais à condition qu'il nous fourniroit de lettres de change en mon nom, de diuerfes fommes,
pourueu que le total n'excedaft pas le principal.
Le marchand accepta le party, voyant qu'il n'y
auoit rien à hazarder, & nous donna tant de lettres de change que nous en defirions, lefquelles
eftoient acceptees de luy, po   receuoir les parties
qu'elles contenoient, quai   bon nous fembłé-
roit.

Auec cette prefumption, ie fis confidence tant

toſt auec vn ſeruiteur , & tantoſt auec l'autre, en leur montrant comme en ſecret ces lettres , auec priere expreſſe de n'en rien dire à perſonne , & par l'entremiſe des beuuettes que nous faiſions auec eux , Aliſtor & moy nous maintenions noſtre intelligence. Ce Banquier marchand eſtoit connu de tous , & partant il nous eſtoit aiſé de leur faire croire la verité : mais pour les eſtonner dauantage , ie les menay ſouuent auec moy, & en leur preſence ie receuois l'argent de mes lettres : ce qui eſtoit cauſe qu'ils faiſoient mille diſcours en leur eſprit , ſoupçonnant que i'eſtois quelque perſonne de condition : & ce qui leur en fortifioit dauantage l'opinion, c'eſtoit que de fois à autre Aliſtor me rendoit des reſpects comme de valet à maiſtre, & lors nous faiſions ſemblant de croire, que perſonne ne nous voyoit : demeuroit nuë teſte deuant moy, & ſi ie laiſſois tomper quelque choſe il la releuoit, & me la rendoit. En parce qu'vne affaire n'eſt pas ſecrete , quand vn valet la ſçait il ne ſe paſſe guere de temps que leur maiſtre n'en fut aduerty , comme nous le reconnuſmes par les queſtions & le traitement qu'il nous fit depuis, ſans toutesfois nous pouuoir iamais ſurprendre en nos propos, car nous eſtions des deſſalez ; il ne tira de nous que ce que nous voulions qu'il ſçeuſt.

Comme ie vis que ce ſoupçon là m'eſtoit deſia aſſez fauorable, ie commençay à rechercher des occaſions de rendre ſeruice à Rozele : quand elle appelloit quelque ſeruiteur, ie ſtois touſiours le premier qui me preſentoit , & cela fut

fi fouuent reïteré, qu'elle y prit garde. Ie ne perdois point de temps à luy ietter des œillades
amoureufes, dont ie fçauois merueilleufement
bien l'adreffe, pour l'auoir apprife dans la comedie : auffi le faifois-ie auec tant de dexterité,
qu'elle me furprenoit à tout moment ayant les
yeux fur elle. En fin elle prit quelque intelligence de ma paffion, & ne s'offençoit nullément de
fe voir aymée: tant s'en faut, elle fouhaitoit que
les opinions qu'ils auoient tous conceus de mon
defguifement fuffent veritables, & que ma qualité & mon bien fe raportaffent à ma façon, à
ma taille, & à mes actions, afin de voir s'il y auroit apparence de receuoir les offices muettes de
mes affections. En cette penfée elle fit toutes les
diligences qui luy fut poffible pour defcouurir
ce qui en eftoit : elle faifoit prendre garde à ceux
de dehors que ie pourrois frequenter, ie ne voyois
qu'efpions autour de moy, qui faifoient note
de tous mes deportemens, & mefme elle e ntre-
prit de flater Aliftor : mais il eftoit fi accort &
contre-faifoit fi naïfuement bien l'innocent, que
elle ne fceut apprendre de luy autre chofe, finon
qu'encore que ie fuffe de condition feruile, i'a-
uois le cœur, le courage, & la vertu d'vn hôme
d'honneur.

Quand Aliftor m'eut fait le recit de toutes les
interrogations que Rozele luy auoit faites : ie
m'auifay de mettre par efcrit vne lettre que ie
fçauois par cœur pour luy imprimer tout à fait
la creance que ie luy voulois donner de moy Cette lettre eftant affez induftrieufement faite, ie la
mis dans ma poche, & vn iour comme ie paffois

auprès de Rozele , ie la laissay tomber comme
par negligence en tirant mon mouchoir Elle ne
l'eut pas plustost apperceuë , qu'elle l'amassa sans
dire mot ; (car elle auoit vne extréme enuie de
me congnoistre , & de sçauoir mes qual·tez , &
croyoit bien en appendre quelque chose par
cette lettre:) & dés cet inftant, impatiente de
voir ce qu'elle contenoit, s'en al·a villement en sa
chambre, où elle vid cette subscription , qui luy
donna vne petite esmotion & fremissement de
sang.

A D O M F E R N A N D
A R M I N D E Z DE
Mendoze , Cheualier de
l'Ordre de Sainct
Iacques.

Et l'ayant ouuerte , elle y vid ces paroles

Vos aduersaires font des diligences si exa-
ctes, pour descouuir où vous estes, qu'il faut
bien prendre garde à soy , quand on vous escrit : ils sont si puissant , qu'ils mettent des es-
pions par tout , où ils n'espargnent rien. C'est l'ec·

cufe legitime du filence que i'ay long temps gardé, mais à prefent que Rodrigo qui fortant de page du Comte d'Vs angol voftre frere, s'en va aux
Indes, ie l'ay chargé de ce mot, connoiffant fon
zele & fa fidelité à vôtre feruice. Vous fçaurés
donc que nous auons fi dextrement menagé les ap-
proches du Roy par l'entremife de nos amis, que
fa maiefté nous a donné voftre grace, à condition
que vous. le feruirés dix ans en Flandre contre les peuples reuoltez d'Holande. C'eft vne ef-
pece d'exil; mais nous efperons dans peu de iours
que la faueur entiere nous fera faite & que fa-
tis faifant à la partie ciuile, vous pourrez reue-
nir en voftre partie. Contentez vous de cela pour
cette heure, on n'en peut pas tant obtenir à la fois
& vous affeurez que nous ne perdons point de
temps, comme voftre frere vous le peut tef-
moigner, Cependant, exercez toufiours vôtre
vertu, en fupportant patiemment ce defguifement de condition feruile, que vous auez
choifie pour afyle, & efperez que la dureté de cette
vie là ne durera plus gueres. Dieu vous tienne en
fa garde.

De Vailladolid, &c.

DOM IOSEPH PIMENTEL.

A mesure que l'innocente Rozele lisoit cette lettre, elle s'embarassoit insensiblement dans les filets que ie luy auois tendus : autant de mots qu'elle contenoit, c'estoient autant depointes qui luy piquoyent le cœur: elle se remet en la pensée toutes mes actions, les lettres de change , & les soupçons que l'on auoit de moy : & ayant confronté tout cela auec les discours de cette traistresse missiue : elle fit place à l'amour , & luy donna libre entree dans son cœur. Elle serre curieusemét cét escrit : & ignorant les mauuais offices qu'elle se rendoit à soy mesme, elle s'en reuient au lieu où ie l'auois laissé tomber. En cét instant-là ie passay auprès d'elle , auec le respect que i auois accoustumé de luy rendre: toutefois auec vn visage qui tesmoignoit vn grand mescontentement. Elle prenoit garde à tous mes mouuements & moy sans dire mot, ny faire semblant de rien , ie regarde de toutes parts feignant de chercher ma lettre. A la fin quand Rozele eut bien consideré la peine où il luy sembloit que i'estois : elle me demanda ce que ie cherchois: ie luy respondis plusieurs fois que ie ne cherchois rien. Non , non, dit elle vous estes en peine de quelque chose, dites moy ce que vous auez perdu. Madame , c'est vne chose fort peu de valeur, cela ne vaut pas le chercher : ce n'est qu'vn papier où il y a des vers qu'vn de mes amis a faits. Neantmoins en feignant de n'en tenir compte , ie faisois des gestes qui tesmoignoient si nayfuemẽt vn grand desplaisir , que la pauure Rozele qui en auoit compassion , fut quasi sur le point de me rendre cette lettre: mais là dessus, arriua com-

panie dans la maison, qui l'obligea à se retirer,
& me laissa là. Ie m'en vais aussi tost rendre
compte de tout ce qui s'estoit passé à Alistor; qui
iugea que nostre affaire s'acheminoit fort bien.
En effect depuis cette heure-là Rozele me fit re-
cognoistre qu'elle auoit presque autant de passion pour moy, que i'en auois pour elle. En tous
les seruices dont elle auoit besoin, on n'appelloit
iamais d'autre que Palinte, car ce fut le nom que
i'auois pris en entrant seruiteur dans sa maison:
elle ne prenoit plaisir qu'à deuiser & s'entretenir
auec moy, & à me commander, & moy à luy
obeyr.

La mere de Rozele ne se donnoit pas trop de peine à garder sa fille : elle la laissoit librement dans
la maison sur sa foy, estant peut-estre fort asseu-
ree de sa sagesse, pour s'en aller tantost à vne
pourmenade, & tantost à vne deuotion, qui sert
bien souuent de pretexte pour aller passer le
temps. Or vne fois que cette bonne Dame là
estoit sortie du logis pour vn pareil suiet, i'arriuay de la ville. Alistor me vint ouurir la porte, &
me dit que Rozele estoit demeuree seule au logis,
& qu'elle m'auoit fait appeller deux ou trois
fois: qu'il croyoit qu'elle fut en la salle qui regardoit sur la porte, peut estre pour me voir entrer.
Vous me contez là d'agreables nouuelles, luy dis-
ie, mais allons en nostre chambre auparauant que
de luy aller, parler : car il s'est décousu vne manche de ma roupille qu'il faut refaire. Nous en-
trons, i'apercoy Rozele qui regardoit à trauers
d'vne vitre de la salle, & toutesfois ie ne laissay
pas de passer outre, & de prendre le chemin du

Y 4

noſtre chambre, ſans luy donner a connoiſtre que
ie l'euſſe veuë, ny que i'euſſe apris qu'elle m'euſt
demandé. Ayant fermé la porte de noſtre chambre.
Aliſtor m'oſte ma roupille, & cependant ie me
mets dans vne chaiſe pour me repoſer, car i'eſtois
las de cheminer. I'auois ſur moy cette camiſole
de Milan, enrichie d'or & d'argent, ſur laquelle eſtoit conſu l'Ordre de S. Iacques, & comme i'eſtois en cette poſture, i'entendis comme
s'il y euſt eu quelqu'vn à la porte qui regardaſt
par la ſerrure : en meſme temps le fis le ſignal que
nous entendions Aliſtor & moy, pour l'obliger
à me reſpeſter quand l'occaſion s'en preſente-
roit, & luy eſtant nuë teſte, & tout d'bout deuant moy qui eſtois aſſis, ie luy tins ce langage:
Aliſtor ; l'ay aſſez d'experience de ta fidelité &
de ta valeur: tu ſçais le ſeruice que i'ay voué à
Rozele, & la paſſion qui me tourmente à ſon
ſujet, que toutefois ie ne luy oſerois découurir
non plus que ma qualité, iuſques à ce que mes
affaires ſoient en meilleur terme. Mais de peur
qu'elle ne ſ'embarque cependant en quelque af-
feſtion, au prejudice des deſſeins que i'ay de la demander en mariage, il nous faut donner vne eſ-
carmouche à ces Caualiers qui tous les ſoirs expriment leurs paſſions par la Muſique ou la Poëſie:
Certes ie ne ſçaurois plus les ſouffrir, il faut que
ie les'écarte d'icy, cela ſe poutra facilement faire
ſans ſcandale, car onne ſe doutera iamais que ce ſoit
nous.

En acheuant cette parole, ie me leue : & faiſant quelques lentes démarches, comme en me
pourmenant, allant vers la porte ie donnay

loisir à Rozele de se retirer , car ie me doutois
bien que c'estoit elle , ie cognoissois son esprit cu-
rieux.

Elle qui auoit ouy tout ce discours, qui l'auoit
mise en fort grande alarme , & desirant me dé-
tourner de la proposition que i'auois faite , me fit
appeller; ie reprens habilement ma roupille , &
m'en vais apres elle au iardin où elle alloit: ie l'a-
borde , demeurant tousiours dans ce respect que
i'auois accoustumé: elle se met sur vn siege de
gazons , & me commanda de m'assoir aupres d'elle. Ie fus long temps à faire des excuses & des
soubmisions respectueuses , tesmoignant d'estre
tout confus & honteux de l'honneur extraordinaire qu'elle me faisoit. Vous en vserez comme il vous plaira , Seigneur Dom Fernand , me
dit-elle , vous estes de condition pour donner
la loy par tout où vous estes. Ha Dieu! dis ie a-
h... auec vn grand souspir : & me retirant deux
pas en arriere fort effrayé: Non , non , dit-elle cela ne sert plus de rien , vous estes reconnu: nous
sçauons bien qui vous estes , vous auez beau vous
deguiser vous auez trop d'esclat pour demeurer
si long-temps inconnu. Mais nous auons grand suiet de nous plaindre de vous , d'auoir souffert
que nous vous ayons tant donné de suiet de vous
moquer de nos naïfuetez , & ne vous auoir pas
traitté comme vostre qualité le merite : toutefois
puisque vous estes cause de la faute , vous la trouuerez plus excusable.

A mesure qu'elle parloit , ie faisois d'autant
plus l'estonné. Moy , Madame? luy dis ie: Ouy
vous Monsieur , me respond elle , tenez , tenez ,

voila le tefmoin qui nous a defcouuert voftre
defguifement, voila la lettre que vous perdiftes
auant hier, qui vous mit tant en peine. Difant
cela, elle me donne cette lettre qui auoit fait vn
fi bon effet. Ie la pris en leuant les efpaules, &
auoüant que i'eftois decouuert. Apres plufieurs
complimens de part & d'autre; elle me pria de
luy conter le fuiet de mon defguifement:& lors
ie luy fis le recit d'vn difcours que ie fçauois par
cœur, qui m'auoit feruy à caioler Annette la fille de mon hofteffe.

Vous fçauez Madame, que ie feruois vne Dame
de la Cour, pluftoft par galanterie, que par
aucune amoureufe paffion, & à laquelle en mefme temps vn des plus illuftres Caualiers d'Efpagne faifoit la cour:mais combien que fes merites
fuffent incompatables, il ne put iamais pourtant
obtenir vne feule petite faueur d'elle, & toutefois
elle en eftoit fort liberale en mon endroit, fans
les meriter,parce que ie ne l'aymois pas.Ce Caualier entra en ialoufie contre moy, & me vint
trouuer vne nuiĉt,comme ie parlois à elle par vn
treillis d'vne feneftre de fa maifon. Il m'attaque
fur le lieu mefme,& encore, qu'il fuft fort vail-
lant,& accompagné de gens de courage, il eut
du malheur,car il demeura fur le carreau:fa mort
efpoüuenta fi fort fes fuiuans, qu'ils abandonne-
rent là le corps: ils s'enfuirent,& nous laifferent
le champ de bataille,& la victoire quất & quất,
à Aliftor & moy. Et parce,comme ie vous ay dit,
que c'eftoit vn Seigneur de qualité, & en la mort
duquel le Roy fe fentoit intereffé, il me fallut
euiter les attaintes de la Iuftice,& me fauuer de-

guisé en ceste ville. Deux iours apres nostre arriuee, comme ie m'allois promenant par les ruës,
ie passay deuant ceste maison ; vous estiez alors à
la fenestre, où vous paroissiez telle que vous
estes, comme vne diuinité dans vn ciel. Des ce moment là, ma liberté me fut rauie, & me fut impossible de viure hors de vostre adorable presen-
ce. De sorte que pour donner quelque allegement à ma passion, ie recherchay toutes les inuentions dont Amour me put instruire, pour estre receu chez vous en qualité de seruiteur domestique;
& ie rends graces à ma bonne fortune de ce
qu'elle m'a gratifié de cét honneur-là, car quand
ie ne serois pas trouué digne de vous posseder par
la permission des loix, ie m'estimeray tousiours
fort glorieux d'auoir seruy vne telle maistresse en
qualité de valet. Sans cét artifice-là ie n'eusse iamais pù vous aborder, & m'eust fallu mourir
sans espoir d'aucun secours : ma qualité vous
eust obligée à trop de retenuë : la ceremonie
m'eust donné mille empeschemens ; & parmy
tout cela, ma vie eust esté en grand hazard : car
peut estre que la Iustice se fust saisi de moy : &
tout ce que i'eusse pù attendre de mieux, estant
découuert, c'eust esté de m'absenter de la ville,
mais quel supplice ! i'eusse mieux aymé mille
fois souffrir tous ceux où la rigueur de la Iustice
m'auroit pù condamner, que de me resoudre à
quitter le lieu de vostre seiour. Mon dessein est, de
d'attendre chez vous, & dans ce glorieux seruage,
que mes amis eussent appaisé le courroux du Roy,
qu'il me fust permis de vous declarer mon nom
& mes intentions : mais puis que le Ciel a

deuancé mes espérances, en vous decouurant
qui ie suis, ie prens aussi la hardiesse de vous découurir ma passion : vous coniurant de receuoir
l'offre que ie vous fais de mon cœur, & de tout ce
que ie possede d'honneur & de biens dans le monde.

Il ne me fut pas beaucuop difficile d'accompagner en discours de soûpirs : car veritablement ma
passion estoit grande. Rozele m'ecouta auec des
demonstrations d'vne si grande tendresse d'amour,
que i'auois quasi regret de la tromper comme ie
faisois. Monsieur, me dit-elle, si vos ressentiments
sont aussi veritables que vous les sçauez bien representer: ie me puis reputer la fille mieux fortunée
qui fut iamais de ma condition, me voyāt honorée
d'vn telle recherche que la vostre: & pour tesmoigner que ie suis toute disposée à contribuer tout
ce qui me sera possible pour vostre contentemēt, &
pour l'auantage qui m'en peut auenir, ie vous donne aduis, que le retardement de ce que vous
desirez ne sera l'imité que du temps que vous
differerez à me demander à ma mere & à mon
oncle, à qui mon pere a donné vn pouuoir
absolu en cét affaire. Disant cela, deux ro-
ses vermeilles parurent a ses iouës, qui augmen-
terent infiniement sa beauté, & adiouterent
quant & quant vne nouuelle ardeur à mes
flammes.

Voyant donc Rozele si bien prise au piege que
ie luy auois tendu, ie la priay de donner connoissance de mon nom & de ma condition à sa mere, afin d'auancer le téps, & qu'apres cela ie ferois
le reste des diligences necessaires. Comme nous

estions sur ce propos, sa mere arriua : & Rozéle
autant impatiente que moy, s'en va la trouuer,
& luy fit vn ample recit de tout ce qu'elle auoit
appris : de quoy la mere fut si transportee de ioye
& d'etonnement , qu'elle s'en alla incontinent
trouuer son beau-frere , pour aduiser comment il
falloit proceder pour me faire les excuses des fautes de ne m'auoir pas traité selon ma qualité. Ce
beau frere fut d'auis , que le soir quand ie serois
retiré en ma chambre, ils me viendroient faire les
offres de leur seruice, & me prier de pardonner à
leur ignorance. Ils le firent ainsi, & dés cett'heure là de seruiteur que i'estois ie fus declaré l'hoste
& l'amy de la maison, & logé dans vne belle chambre & bien meublée. Apres toutes ces ceremonies, ie
ie les priay de ne me point decouurir à leurs amis
& parents qui les venoient visiter , & de
me nommer de quelqu'autre nom que le
mien.

Il se passa pres d'vn mois depuis que ie fus
conuerti de valet en Caualier , durant lequel
temps ie receus mille courtoisies de mes hostes , &
tiray quant & quan t plusieurs honnestes faueurs
de Rozéle. Sa conuersation , & le respect que
ie luy portois, m'auoit rendu parfaitement ciuil,
car iamais ie ne m'émancipay de luy rien demander , ny d'entreprendre que ce qui estoit licite ,
afin de ne point violer les loix sacrées de l'hos-
pitalité : ce qui augmentoit beaucoup la creance
que Rozéle auoit de ma noblesse & de ma-
Cheualerie dissimulee. Mais de peur qu'vn malin esprit , ou quelque fortune aduerse ne vint
auant le bastiment de ma fortune, que i'auois

esleué si haut , ie feignis d'auoir receu vne lettre
de la Cour, où l'on me mandoit que le Roy m'a-
uoit donné pleine liberté de retourner chés moy;
& qu'il estoit necessaire que ie m'en allasse à Vailladolid où la Cour residoit alors , pour remer-
cier sa Majesté. Au recit de cette nouuelle, toute
ceste famille me témoigna vne allegresse generale
de l'heureux succez de mes affaires : & entr'-
autres , la pauure Rozele. Et lors ,animant mon
visage & mon action d'vne graue modestie ie
leurs dis que ie ne pouuois pas mieux reconnoistre leurs courtoisies dont ils m'auoient obligé
qu'en faisant alliance aueceux : & conuertissant
nos affections en parenté, par le moyen de Rozele, que ie leur demandois en matiage. Ie n'eus
pas plustost declaré ceste intention que l'oncle &
la mere craignans que ceste parole me fut plustost sortie de la bouche que d'vne meure deliberation , & que ie ne prisse party ailleurs , me
prirent au mot sur le champ, sans en demander
aduis à aucun de leurs parents , ny s'informer
plus exactement de mes biens & de ma personne:
de sorte qu'ayant eu permission de l'Euesque,
sans faire nulle publication de Bans , ie fus ma-
rié à l'adorable Rozele, & par ainsi ie contentay
ma passion, & fis ma fortune quant & quant, car
on m'asseura de cent mille francs pour le dot de
Rozele, sans l'esperance de la succession de ses
pere & mere dont elle estoit seule heritiere.

Me voyant donc dans la possession d'vne si belle femme & d'vne si grande richesse, ie me resolus
de mesnager mon bonheur, & de faire desormais profession d'honneste homme , pour satisfaire aux obligations que i'auois à Rozele. En

ce dessein ie consultay auec Alistor, des moyras
que nous tiendrons pour nous retirer de Seuille,
& emmener ma femme: car en tout cas il lafaloit
tirer d'auec sa mere, de peur qu'auec les temps
venant à descourir mes ruses, elles ne trouuast
moyen de m'oster sa fille & son bien, Apres plusieurs aduis, il fut conclu qu'Alistor s'en iroit deuant à Vailladolid, auec tout ce qui nous restoit
d'argent; & loüeroit vne maison, & la meuble-
roit le mieux qu'il luy seroit possible.

Cela fut ainsi executé, & quand il m'en eut
donné aduis, ie persuaday l'oncle & la mere de
Rozele, qu'il estoit à propos que ie l'amenasse à
Vailladolid, pour estre reconnuë de mes parens,
& principalement du Comte de *** que ie disois estre mon frere, afin que l'esclat de sa beauté (come ie leur faisois entendre) excusât la faute dont la vanité de mes parens mepourroit accu-
ser, d'estre allié d'vne lignée de moindre cõdi-
tion que la leur. L'oncle & la meretrouuerentce-
ste proposition tres iuste & tres-raisonnable: &
la dessus nous demeurasmes tous d'accord queles
cent mille francs du mariage de Rozele seroient
mis entre les mains d'vn Banquier, qui nous en
deliureroit des lettres de change, sur vn autre de
Vailladolid:cõmeil fut sait,Et pour donner encore plus de couleur à ma noblesse, ie priay l'oncle
de se charger de ces letres :car il vouloit accõpa-
gner sa niece, & venir auec nous pour connoistre
plus amplemēt mes parens& mon bien.Apres cela Rozele prit congé de sa mere, à laquelle iepro-
misde luy ramener sa fille dans 2.mois,ou bien la
venir querir pour la mener voir nostre mesnage.

Nous fîmes nos adieux, & arriuâfmes à Vaillat dolid, dans la maifon qu'Aliftor auoit fort proprement & commodément preparée, en laquelle l'oncle de Rozele fut fort bien logé. La nuict fuiuant, apres auoir témoigné des excez d'amour à Rozele, ie luy defcouuris la naïfueté & la verité de l'induftrie dont ie m'eftois feruy pour paruenir au poinct ou i'eftois arriué. D'abord d'elle fut grandement eftonnée : mais elle auoit vne affection fi paffionnee pour moy, & ie m'eftois rendu fi complaifant & fi agreable à fes humeurs, qu'elle n'en tefmoigna nul mefcontentement : elle fut incontinent refoluë, & mefme elle m'enfeigna les moyens de m'emparer de fon bien : qui eftoit entre les mains de fon oncle.

Il ne faut pas, me dit, elle, que mon oncle defcouure ce que vous auez fait, que vous n'ayez auparauant retiré nos lettres de change qu'il a. Il eft donc à propos que vous l'alliez trouuer deuant qu'il foit leue, accompagné de voftre fidelle Aliftor, & que vous luy difiez que vous eftes entré en quelque difpute auec voftre frere, fur le fuiet de voftre mariage : lequel il croit auoit efté fait par vne paffion amoureufe : & qu'il vous a reproché que i'eftois pauure & de baffe extraction : & que pour effayer à le contenter, attendu que vous en efperez du bien, vous le priez de vous bailler ces lettres de change, pour luy montrer que ce n'eft pas feulemeut la confideration, de ma beauté, ou de mes perfections qui vous a touché, mais auffi le bien & l'aduancement que vous en receuez. Ie ne penfe pas qu'il en faffe refus : car ce pretexte eft affez fpecieux :

toute fois

toutefois il faudra que vous ayez chacun l'efpee au cofté afin de luy faire peur & les tirer par
force s'il en eft befoin : cela eft affez aifé, puis
qu'il eft chez vous : puis apres fans perdre de
temps il vous en faut aller trouuer la Banquier
à qui elles s'adreffent, & les luy faire accepter
fur le champ.

l'admiray la fubtilité & la force de fon efprit:
& apres luy auoir baifé & rebaifé les pieds, i'allay promptement executer tout ce qu'elle m'a-
uoit dit : où ie reuffis fort heureufement: fon oncle me donna librement toutes les lettres, & le
Banquier les accepta, & mefme me deliura dix
mille faancs contents. Ie vins rendre compte de
tout à Rozele, dont elle fut fort refiouïe. Son
oncle ne fçauoit encore rien de ce que ie luy
auois dit & :comme il me preffoit de luy faire
voir le Comte mon frere, ie le remettois du iour
au lendemain, luy donnant à entendre que c'e-
ftoit vn homme dont ie voulois mefnager l'efprit,)comme auffi faifoit fa niepce qui s'entendoit fort bien auec moy (& qu'il faloit encor attendre quelque temps : mais durant toutes ces
remifes, il receut nouuelles de la belle mere,
que fon mary pere de Rozele auoit fait naufrage en reuenant des Indes, & s'eftoit neyé dans la
mer, & qu'il eftoit neceffaire qu'il s'en retournaft
en diligence, pour mettre ordre au affaires de
la maifon, ou il eftoit intereffé en fon particulier.

Dés qu'il eut receu cette trifte nouuelle pour
luy, & fi ioyeufe pour moy, il fut impoffible

Z

de l'arrefter deuantage : & quoy que ie fiffe femblant de le vouloir faire , il prit congé de nous , & s'en va à Seuille , auffi ignorant de mes affaires , qu'il en eftoit party. A fon arriuee , il trouua ma belle mere griefuement malade, tant de la perte de fon marry , que des ennuys de l'abfence de fa fille, fi bien dans peu, de iours fon ame s'en alla apres celle de fon marry , me faifant efprouuer la verité du prouerbe Efpagnol *Dulce es la muertedel fuegra*, que la mort d'vne belle mere eft fort ageable: car elle me rendit heritier auec Kozele de tout le bien de la maifon , qui montoit à pres de cent mille efcus.

Ayant ainfi merueilleufement bien eftabli ma fortune par l'entremife & l'affiftance d'Aliftor il étoit tres-raifonnable de le recognoiftre. Ie luy donnay vingt mille francs, auec lefquelsilfe retira fort content de moy. Voila , Seigneur Lecteur l'heureufe yffuë de mes aduentures & l'eftat prefent de mes contentemens ? mais attendu que nul ne fe peut dire heureux auant la mort, ie ne fçai fi parmitant d'excés de bonnefortune, il ne m'arriuera point quelque defaftre , qui me face trouuer le mercredi des cendres apres lemardi gras, & que ma fin ne foit pareille à mon commencement.

Tout eft fous la prouidence du Ciel, on ne peut preuoir l'aduenir: mais maintenant ie puis dire qu'il y a peu de perfonnes en l'vniuers, de quelque condition qu'ils puiffent eftre, & quelque profperité qu'il puiffent auoir, dont la felicité soit comparable à la mienne. Veüille le Ciel me la conseruer longuement en la compagnie de ma chere Rozele.

F I N:

LE
CHEVALIER
DE L'ESPARGNE

De Dom FRANCISCO de QVEVEDO
Caualier Eſpagnol.

L'Exercice iournalier que doit faire le Cheua-
lier de cet Ordre, pour conſeruer ſon
argent à l'heure qu'on luy deman-
dera par don, laquelle il re-
doutera comme celle de
la mort.

Remierement, dés le matin en s'éueillant, il fera le ſigne de la Croix ſur ſa bourſe, puis ſur ſa perſonne, pour coniurer tous les malins eſprits qui pourroient former des actions petitoires qui ſetoient à ſon prejudice.

Secondement il proferera deuotement ces paroles : *Ie fais vœu & ferme propos de ne donner, pre-*
ster ny promettre aucune chose, soit en pensées, en paro-
les, ou en œuvres; puis se recommandera à l'Ange
Gardien, comme le Patron de son *Ordre.*

Cela fait il ira ouyr la Messe, comme y estant
tenu, combien qu'il fut iour ouurable, attendu
que tous les iours sont pour luy des Festes à garder, & ne doit reputer aucun iour, iour de trauail
que celuy auquel il sera obligé, contraint & for-
cé de *donner.*

Le soir en se deshabillant pour se coucher,
il rendra graces à Dieu de ce qu'il se dépoüille
soy-mesme, & qu'vn autre ne l'a point fait, &
par ainsi il dormira en repos, si d'auenture les
punaises, les cousins ou les cousines, ou quelque
autre sorte de vermine ne l'éueille.

Quand quelqu'vn le viendra visiter, de telle
qualité ou condition qu'il puisse estre, dés que
les complimens de l'abord seront faits, il vsera
de ces propos par anticipation: *Ie pense que le mon-*
de s'en va le grand galop à l'hospital, car on ne trouue
auiourd'huy gueres de gens qui ayent dix pistoles d'ar-
gent comptant deuant eux. Puis apres il fera mille offres de seruices & d'assistance : car la premuni-
ton de ces paroles là fera merueilles ; elle rendra muets les plus effrontez demandeurs.

Et s'il aduenoit que le Cheualier fust preuenu
d'vne demande soudaine & non preuetie, il res-
pondra aussi promptement: *Helas! Monsieur, ie vous*
allois trouuer pour vous prier de me secourir d'vne pa-
reille somme pour m'ayder à faire reüssir vne affaire
d'importance.

S'il se rencontre auec quelqu'vn qui louë vne bague, vn diamant, vne montre, vne espée, ou quelque autre chose qui luy appartienne, à dessein peut estre qu'il luy en fit offre; *Monsieur re-* partira promptement le Cheualier, *ie l'estimeray de sormais plus que ie n'ay fait cy deuant, puis qu'elle a merité que vous en fissiez cas.*

Au surplus, il faut qu'il soit comme la Trom-pette, qui sonne seulement la charge, mais qui ne *donne pas:*

Il doit tousioursauoir en memoire ce terme de Fauconnerie, *Tiru bien.*

S'il ne sçait la langue Latine, & qu'il soit cu-rieux de l'aprendre, il luy sera permis d'vser du Despautere, & non pas du *Donet,*

Il luy est deffendu de se seruir d'autre Prouer-be que de cestui cy *Qui bien serre bien trouue.*

Comme aussi d'vser de ces mots, *Fredon, Gui-don Amidon, Bourdon, Guerdon,* & tous ceux de pareille terminaison, à cause de la derniere syllabe qui est fort odieuse à ceux l'*Ordre.*

Ne pourra aussi ledit Cheualier iamais rien prester, si ce n'est l'attention ou l'oreille aux sons agreables seulement:

Et finalemét qu'il se souuienne tousiourscom-bien il est mort d'honnestes gens faute d'auoir la vertu *Retentiue,* & qu'vne demande estcomme vn coup de poing sur l'orifice de l'estomac, car elle fait perdre la parole, & par ainsi il viura cou-tent iusques à la mort.

✿✿✿✿✿✿✿✿✿✿✿✿✿✿✿✿✿✿✿✿✿✿

LETTRES

du Cheualier de l'espargne.

A vne Courtisane qui luy demandoit dequoy payer le loüage de sa maison.

PHILINE, nos deux genies ne deuisoient pas ensemble, quand vous m'auez enuoyé vostre couriere crotée, vous n'eussiez pas si mal pris vostre temps: i'estois alors sur mes liures de raiso, & sur le calcul de mise & de recepte que i'ay fait auec vous, où i'ay trouué auoir despensé plus de bien que ie n'en ay receu. Et comme ie detestois mon mauuais mesnage, vous m'estes venuë surcharger d'vne nouuelle douleur, par vne demande temeraire que vous faites de cent pistoles, pour payer le loüage de vostre maison. Quand i'ay veu cet épouuentable compliment, i'ay pensé tôber à la réuerse. Cent pistoles, Philine! & où est vôtre

iugement? à qui penſez vous parler, m'amie: me
pronez vous pour vn Atabalipa? Certes voylà des
paroles aſſez venimeuſes, pout m'oſter la vie:
Non non, ie veux deſormais chāger de ſuiet, pour
contenter mes ſenſuelles complexions, & m'e-
xempter quant & quant des mortelles angoiſſes
que vous me donnez: car au lieu d'vne courtizane ſi chere, ie veux faire l'amour à vne femme
ſauuage, qui n'habite que les campagnes & les
deſerts. Vous en verrez les effects à ce mois de
May; ie ne vous baille pas vn long terme, car les
termes de voſtre lettre & de voſtre maiſon? me
meneroient à la mort auant le terme.

A vne autre, qui refuſoit de iouer auec luy parce qu'il n'auoit plus d'argent.

A Lix, ie penſe que vous auez veü le fonds
de ma finance, lors que ie commençay à
vous accoſter, puiſques vous auez, bien ajuſté
le nombre de vos faueurs à celuy de mes piſto-
les: Au meſme inſtant que ma bourſe a eſt'eſpui-
ſee, vos courtoiſies ont ceſſé: On ne void iamais
de compte mieux calculé, car vous ne m'en auez
pas donné pour vn teſton dauantage que mon
argent n'a monté, ie meure, ſi vous n'eſtes vne
cruelle ioueuſe, & de fort mauuaiſe compagnie
de me couper eu comme cela. Au moins, apres
mon argent, me deuez vous tenir ieu ſur des gages: car à bien meſnager, comme ie pretendſ ai-

re deformais, mon manteau, mon pourpoinct&
mes chausses, sont capables de m'entretenir encore quelque temps, louez moy donc, ie vous prie
iusques à ce que ie sois tout nud, car ie suis pic-
qué, & puis ie me retiray glorieux dans mon
extreme misere, de faire voir à tous l'excez de
charité dont i'auray vzé en voustre endroit, en me
despouillant pour vous vestir.

Autre lettre sur le mesme suiet.

COMMENT (AGRIPINE quel Desastre
est ce qui vous a depuis hier inculqué ce
deuot stile?quelle mortification vous a si soudai-
nement touché le cœur?Pour moy, quand ie con-
sidere la lettre que vous m'auez enuoyée ce matin, ie ne sçay si ie resue, ou si ie suis en mon bon
sens. Le temps est sainct, dites vous maintenant
vos voisines murmurent: vostre mere & vostre
tante, vous querellent iour & nuict, vostre sœur
vous blasme a mon occasion :& puis venant aux
emonstrances, vous me dites que ie me poumois
bien imaginer que nos plaisirs ne deuoient pas
estre perdurables: & en suitte de cela vous me
priez de ne plus prendre la peine d'aller chez
vous, & qu'il est bien raisonnable de dôner quelque portion de nostre vie à Dieu. Qu'est ce à dire
tout cela, Agripine ? le Demon est il deuenu prescheur? Et quoy ! apres m'auoir succé
tout le sang, rongé iusques aux os, & tiré la
quinte essence de ma bourse, me tenez vous cet

amoureux langage? He Friponne que vous eſtes
quand i'auois dequoy fournir aux excez de voˢ
deſbauches & de vos gourmandiſes, vous ne di-
ſiez pas que le temps fuſt ſainct, au contraire, il
eſtoit pecheur& alors, il n'y auoit rien de plus
inuet que vos voiſines, ny rien de plus complaiſant que cette maudite mere, cette infame tante
& cette diableſſe fardee de ſœur, leſquelles il
me falloit toutes nourrir& entretenir à grands
frais pour vous poſſeder plus librement. Combien ay ie ſouffert leurs importunitez?& combien me ſuis je ſouuent repreſenté, me voyant
au milieu de vous quatre, d'eſtre entre deuxar-
mees qui s'alloient choquer, ou bien dansvn clo-
cher ou l'on ſonnoit le tocſin:car d'vn coſté ie
n'entendois autre choſe que *donne, donne, donne,*
& de l'autre *don, don, don, don* Mais maintenantie
rends graces de bon cœur àmon indigence, puis
qu'elle me deliure de toutes ces alarmes & ces
frayeurs; & qu'elle eſt cauſe quant & quant, que
de maquerelles & de garces vous eſtes deuenuës
penitentes. A ce que ie voy, les cordons de ma
bource vuide, vous ſeruent de diſcipline. Ie ne
me ſçaurois tenir de rire quand i'examine ces
paroles que vous me dites qu'il vous faut donner
à Dieu cette portion de viequi vous reſte : car
par voſtre foy,à qui peut elle eſtre plus legiti-
mement offerte qu'à Lucifer?Et pour le regard
de la priere que vous me faites, de ne me plus
donner la peine d'aller chez vous, ie vous promets de bon cœur d'yſatisfaire exactement, car
ie ne ſuis pas ſi peu courtois, que ie ne vous
veille encore obeïr en ce point là Il me reſte à

vous donner vn aduis : c'est que si vous estiez veritablement sensible aux remors de la conscience, & que vous eussiez enuie que Dieu vous
pardonnast, il vous faudroit resoudre à me faire
restitution d'vne partie de ce que vous m'auez
mal apris : vous seriez cause que ie ferois vœu de
me repentir du passé, & que j'imiterois vostre
bon exemple : pour le reste, nous en plaiderons
en Purgatoire u d'auanture vous prenez ce chemin là : en partant de ce monde : car si vous allez
en Enfer, comme il y a grande apparence, ie vous
declare dés cette heure, que ie quitte le proces &
desiste de ma poursuite, car il ne me seroit pas ad-
uantageux d'intenter actions contre vous dans le
domicile de vostre mere, & de vostre tante.

Plaisant refus à vne Dame importune.

LAVRENCE, aprés auoir long-temps me-
dité la response que i'auois à faire à tant de
choses que vous me demandez, ie n'ay point
trouué de stile plus laconique ny plus conuenable au suiet, que de vous traicter comme les pauures que l'on éconduit auec compassion, & vous
dire, DIEV vous console m'amie, ie n'ay pas à present dequoy vous donner : vous me faites voir
aujourd'huy vne chose nouuelle i'auois bien ouy
dire qu'il y auoit des Ordres de Mendiants par
le monde, mais non pas des filles mendiantes
sans Ordre. Ne donnez donc plus la gesne à vo-

stre esprit pour composer ces belles requestes
que vous m'enuoyez: aussi bien me mettez vous
en estat de me passer fort aisément de vostre conuersation, car quiconque me voudra rendre cha-
ste, n'a qu'à me contraindre à la liberalité. Dieu
vous console m'amie, ie n'ay à present dequoy
vous donner.

Il croyoit auoir trouué vne Maistresse qui ne lui deust rien demander, mais il est deceu.

MESSALINE, i'auois escrit à vn de mes amis
la bonne fortune que i'auois rencontree en
cette ville: & parlant de vous, ie me vantois de
posseder vne fille si belle & si accomplie, qu'il
n'y auoit rien à demander à elle. Mais maintenant ie me trouue bien trompé & grandement
deceu en mon opinion, puisque vous ne profe-
rez pas vne parole que ce ne soit vne demande.
Si vous sçauiez à quel poinct cela me persecute,
ie croy que vous changeriez de ramage: car il y a
vne si parfaite vnion entre mon argent & moy,
qu'il est impossible d'y mettre de la diuision sans
me donner la mort: ce n'est pas là le moyen de me
conseruer. Apres tout, il faut aduoüer que l'ha-
bitation & le iour d'enfer ne valent rien, & que
ie n'y veux point acheter d'heritage, de quelque
belles raisons que vous vsitez pour m'y persuader. Tournez donc les dents & les ongles d'vn
autre costé, car desormais vous ne trouuerez
plus rien à mordre ny à griper sur moy: & sça-

chez que ie n'ay esté pecheur que par occasion
& que d'oresnauant ie veux que ma continence
me rendre l'interest de ma finance.

Il promet de deuenir continent , pour espergner son argent.

IE vous trouue plaisante, DALIDE, de dire que
il ne faut que ie fasse le fascheux quand vous
m'importunez de demandes si frequentes , qu'il y
a plus du vostre que du mien , parce qu'en ce faisant vous vous obligez , Pour moy, ie ne sçay pas
surquoy vous fondez vos argumets, car ie raison-
ne tout autre mét que vous. Ie voy fort euidémét
qu'il va beaucoup plus à ce commerce là du mien
que du vostre, de quelque sens que vous le vou-
liez entendre , & que pour vostre regard vous ne
vous obligez à rien qu'à receuoir & prendre.
Quant ce que vous dites que vous me traittez en
amy, & que vous ne me pressez pas, sçachez que ie
ne suis non plus d'accord auec vous sur ce point-
là que sur l'autre, car ie trouue que vous estes vne
corsaire au lieu d'vne amie, & que vous me pressez si fort, que vous n'y laissez que le marc, encore
bien sec, par ou vous faites voir que vous estes
autant insatiable en luxure, qu'en auarice , c'est
pourquoy que chacun se pourvoye ailleurs, &
faites vostre compte que vous ne m'auez rien demandé, i'en feray de même de ma part, car le meilleur moyen que ie sçache pour nous obliger vous
& moy à garder les commendemens, c'est bien
garder l'argent de ma bource, ie le feray fort soigneusement , pour assayer à nous metre dans la

voye de salut, & pour vous tesmoigner que i'ayme mon prochain comme moy-mesme,

---

Il se gausse d'vne qui le vouloit obliger à luy promettre de l'espouser.

A Ce coup, FLORA, vous me faites clairement
connoistre, que mon hôneur & mon bien sont
à l'extremité & sur le poinct d'expirer, puisque
vous m'apportez l'extreme vnction des demâdes
dans la priere que vous me faites de vous promettre mariage, Hé! dites moy, ma mignonne,
quelle moderation, & quelle patience auez vous
remarquee en ma personne pour desirer que ie
sois vostre mary? Sans doute, vous vous estes trô-
pée, vous n'entêdez rien à la physionomie, i'ay la
mine d'vn homme de celibat, & l'experiêce d'vn
veuf, & d'autre part, ie suis si changeant, que
deux paires de femmes ne me sçauroient durer
plus d'vne semaine: Mais à force de penser à vostre dessein, ie commence à reconnoistre que vous
estes plustost portée d'vn desir dè vengeance que
d'enuie d'auoir de mon engeance, Et donc, que
vous ay ie fait pour conspirer vn si grand mal
contre moy? Non non, Flora, cherchez à vous
contenter d'ailleurs, ie ne suis pas encore si re-
pentant de ma vie, que ie la vueille contraindre
à vne si rigoureuse penitêce. Quandie sentiray les
remords de ma conscience, ie me marieray à vne
robe d'Hermite, car afin qu'il ne me succede pas
ce qui a accoustumé de succeder à ceux qui se
marient auec des femmes, ie fais vœu de n'auoir

iamais perſonne qui me ſuccede, vous proteſtant
que ie perſeuereray en cette ferme reſolution ?
iuſques à ce qu'on ait inſtitué vn ordre pour la
Redemption des mal mariez, comme on en fait
vn pour racheter les Eſclaues Chreſtiens.

A vne fille de venus, qui luy auoit enuoyé de-
mander de l'argent pour faire des
aumoſnes la ſemaine
ſainˆcte

IVLLE, l'aumoſne eſt vn œuure de pieté
quant on la fait de ſon propre argent : mais
quand elle ſe fait aux deſpens d'autruy, ce que
Dieu ne vueille pas, c'eſt pluſtoſt vn œuure de
cruauté que de charité, Ma fillette, ie voudrois
bien vous pouuoir teſmoigner mon affection de
ma bouche, & non pas de ma bource. Il eſt vray
que nous ſommes dans vn temps de pieté : mais
la demande que vous me faites eſt impie & de
ma part, ie me reconnois eſtre vn miſerable pecheur. Conſiderez donc, ie vous prie comment
y auroit moyen que tout cela ſe puſt accorder
enſemble, Pour moy ie le trouue impoſſible : &
partant, Dieu vous ſoit en aide.

Reſponce à vne autre qui luy vouloit faire
loüer vne chambre, pour voir com-
battre des Torreaux

IE m'eſtonne fort, SILVIE, comment vous
me priez de vous enuoyer dequoy loüer vne
chambre

chambre dans la place, pour voir vn combat de
Taureaux :car y a il vn combat plus delectable à
voir, que celuy que nous faisons ensemble, vous
en me demandant, & moy en vous refusant? Que
penseriez vous, rapporter de là, qu'vn estourdisse-
ment de teste pour vous, & vn desplaisir extréme
pour moy, d'auoir employé mon argent pour
vous faire malade? Non non, Silnie, ie suis plus
soigneux de vous que cela, moqués, moqués vous
de telles badineries, & n'en faites non plus de
cas que des festes des Payens qui ne sacrifioient
que des bestes :aussi bien n'y a t'il autre chose à
voir que morts d'hommes qui sont comme des
bestes, & des bestes qui sont comme la pluspart
des maris. Dont si vous estes sage, esloignez-
vous tousiours tant que vous pourrez de ces ru-
meurs & assemblees populaires, où il arriue ordinairement quelque desordre : imaginez vous que
vous y auez esté : aussi bien vne heure apres, vous
trouueriez vous aussi peu diuertie qu'auparauant,
& moy auec moins d'argent.

une qui s'estoit raillee de luy
en compagnie.

FAVSTINE, vous auriez eu beaucoup plus de
plaisir à me tenir sous la couuerture, que
vous n'auez pas eu à me tenir sur le tapis comme
vous fistes dernierement, à ce qu'on m'a rapporté.
On m'a dit que vous vous gaussiez de mon auarice :mais ie vous donne aduis, que nous estions
alors en pareille occupation : parce que mon auarice se railloit aussi de vous en mesme temps.

De façon que nous fommes quittes de ce côté-la.
J'ay apris que vous trouuez mille defauts en ma
perfonne : que vous difiez que i'ay vne taille ma-
ftine, que i'ay les pieds infupportablement puants
& que mon nez ne fent guerres meilleur : & puis
en me donnant des reffemblances felon vos ima-
ginations:vous difiez auffi que l'on me prendroit
pour eftre cecy & tantoft pour eftre cela. Sçachez que ie vous promets de bon cœur de me
faire tels reproches qu'il vous plaira , & mefme de me prendre pour tout ce que vous vou-
drez : car pourueu que vous ne me preniez point
mon argent , vous n'irriterez iamais ma colere.

Il demande la charité à vne
Courtizane.

LAmie , vous vous eftes acquife la reputation
d'eftre fi charitable, & fecourable enuers les
necefsiteux, que ie prens la hardieffe de vous fu-
plier de vouloir exercer cette vertu làen mon endroit. Ie fuis vn pauure amant honteux, qui n'o-
fe declarer fon infirmité qu'aux perfonnes officieu-
fes comme vous eftes. Ie m'adreffe donc à vous
pour auoir allegement de ma langueur,& fi vous
me voulez faire quelque charité, faites en forte,
Lamie que ce foit de nuict ou bien en vn lieu où
il n'y ait que vous qui cognoiffe mon indigence ,
car c'eft en cefte façon que la charité eft parfaitement bien pratiquée.

ie

Sur vne collation qu'on luy demandoit

AFRANIE, vous me demandez que ie vous en-uoye la collation cette apresdinée, pour vous resiouyr auec vne certaine compagnie de femmes qui vous va visiter , & que ie n'en parle à personne. Ie vous répons, que Ie seray si exact à vous obeyr en ce point là , & que le secret vous sera si fidellement gardé, que mesme le patissier, le confiseur, ny le fructier n'en sçauront iamais rien. Et quoy, Afranie, ne vous suffit-il pas de m'auoir tantost tout deuoré en disners & en soupers, sans vouloir encore manger ce qui me reste en gou-sters & en collations ? Apprenez, apprenez desormais à vous passer de ces repas superflus, & vous accoustumez à ieusner vn peu pour l'expiation de vos fautes : il y a vn an , deux mois, trois iours & vne heure & demie que vous vous paissez de moy, & non pas vous seulement , mais encore deux de vos associez, vn frere & vn page. Ce qui m'a rendu quasi aussi sec qu'vn Etique. Au moins laissez moy ce peu de chair qui me reste, afin que les vers du cimetiere trouuent quelque chose à ronger sur moy apres vous, & que i'aye de quoy leur payer le logement qu'ils me donneront auec eux.

Refus sur vne autre demande.

POpée, quand le refus que ie vous ay fait de vous enuoyer l'estoffe que vous m'auez de-

mandee tant de fois, n'auroit ferui qu'à me faire
admirer voftre bel efprit, vous deuriez eftre fort
fatisfaite car il faut aduoüer qu'encore que ce
que vous me demandez ne foit qu'vne feule chofe
ie fuis efmerueillé de voir qu'en l'efpace de
huict iours, vous m'ayez efcrit plus de trente lettres, de ftille & de façons de parler differentes: &
en effect, vous auez bien fujet de rendre graces à
Dieu, du beau talent qu'il vous a donné. Mais
auec toutes ces loüanges là, dont ie feray touf-
jours fort liberal en voftre endroit, ie vous ad-
uertis que fi vous euffiez employé en eftoffe, l'argent qui a coufté en papier, en ancre, en cire, en
foye à cacheter, & en fouliers pour vos meffagers
vous m'auriés deliuré d'vne pefante importunité
& n'auriez pas fi inutilement prodigué les fieurs
de voftre bel efprit. Ie ne vous l'enuoye pas pourtant, car ie n'aurois plus bonne grace à je faire,
cela fembleroit pluftot arrache que donné; il eft
deformais trop tard. C'eft pourquoy vous vous
contenterez s'il vous plaift de cette connoiffance
que ie fais de vos perfections, & des loüanges
que ie leur donne de bon cœur.

Plainte d'vne Courtifanne contre le Chenalier de l'Effpargne.

ENfin mon Cheualier, vous auez eu beau vous
déguifer, le fil de voftre trame paroift à ce
coup cy on void bien à cela que voftre marchan-
dife n'eftoit pas de bonne fabrique, & que ce n'e-
ftoit que pure bifierie. En fin disje vous auez tef-
moigné la condition dont vous eftes, & quand &
quant fait connoiftre que vous eftes le plus

changant de tous les hômes. Mais ſi des le commencement que vous m'auez hantee, i'euſſe voulu croire mes amies plus iudicieuſes que moy,
vous n'auriez pas maintenant cet aduantage de
m'ouyr plaindre de voſtre perfidie. Toutes fois,
quoy que ie die, ie ne mãque pas de courage pour
m'en vanger, en vous imitant à l'aduenir. On m'a
dit que vous auez rencontré vne bonne fortune :
Et parce que ie la connois, i'ay dequoy m'exercer
à admirer voſtre bon iugement : faites dõc des
voſtres tant qu'il vous plaira vous aſſeurant que
de mon coſté ie feray, non pas des miennes, mais
des miens, qui ne vaudront pas moins que vous.

Reſponſe.

ENcore eſt ce, Herodie, que le fonds & la trame de mon eſtoffe me ſoit demeuré, car apres
m'auoir tondu de ſi preſque vous auez fait, il n'y
deuoit pas reſter vn ſeul brin de fil; mais il n'y a
plus de remede: ia faute en eſt faite, il faut bõ quelquefois ſe retirer ſur ſa perte, de peur de pis faire,
l'aduoüë librement, que cette qualité de changeant que vous me donnez, ſe pourroit fort iuſte-
ment aproprier à voſtre perſonne, veu que vous
auez fait changer de domicile à tous les meilleurs
meubles qui eſtoient chez moy & les auez portés
en voſtre maiſon, auec autant de facilité que s'ils
fuſſent retournés en leur centre, en cette ſituation
de lieu. I'ay regret auec vous, de ce que vous ne
crûtes pas voſtre mere & vôtre tante, des le premier iour de noſtre accointance, nous y aurions
tous deux grandement profité, & moy encore

plus que vous. Et en confideration d'vne telle parenté, fi deformais ie me porte à faire l'amour , ie
m'informeray premierement à qui la femme que
ie voudray courtifer fera attachée : car i'aimerois
mille fois mieux qu'elle fut attachee de mal de
Naples, que d'auoir vne mere & vne tante autour
d'elle : on guerit auiourd'huy facilement du premier mal, mais fort mal aifement du fecond : ce
font des cancers qui minent iufques à la moüelle de la bource, C'eft ce qui m'a rendu voftre maifon odieufe, & redoutable , de forte que fi vous
m'y voulés receuoir, chaffes-en ces deux harpies,
faites coniurer ces deux demonsqui vous poffedent
fi abfolument : car pour m'entretenir des faueurs
d'vne fille, ie ne defire pas entretenir vn lignage
entier. Au refte, fouuenez vous qu'vn bon nau-
tonnier ne choque iamais deux fois contre vn mefme écueil, & que de toutes les femmes qui font
au monde, ie n'en feray point des miennes qui ne
vous donne plus d'enuie à conceuoir, que de mé-
pris.

Remonftrance à vne Courtizane qui luy demandoit des
affiquets à la mode.

LYCASTE, lers que ie m'imaginois que nous
fuffions, vous & moy l'vnique objet de nos
mutuelles affections , i'ay decouuert que nous
fommes corriuaux & competiteurs en l'amour que
nous portons tous deux à ma bource : mais ie vous
apprends que vous de m'excederez iamais de ce
cofté là , i'ay pour elle vne paffion incomparable,
laquelle fe rend d'autant plus vehemente , que
plus ie confidere , qu'elle ne m'a iamais fait

aucun faux bond, ny manqué au befoin. Et connoiffant les faueurs dont elles m'oblige à chaque moment, il n'y a point de fujet fur la terre, pour qui ie me puiffe plus piquer de ialoufie que pour elle. Car mefme s'il falloit expofer ma vie pour fon feruice, ie la luy facrifierois auec vne grande gayeté de cœur. Vous m'auez toufiours voulu faire croire, qu'il n'y auoit point d'autre image dans voftre memoire que la mienne, que vous a y miez vniquement: mais fi vous auez deffein de me bien imprimer cette penfee là, ne me parlez plus de ces attifets, & de ces modes nouuelles d'habillements, ne me tefmoignez plus l'affection que vous portez aux dorures & à la monnoye, car tout cela n'eft que vanité & mõdanité toute pure. Toutefois, fi vous ne vous pouuez corriger de ces defauts là? pourquoy prenez vous tant de peine à vous defguifer? que ne dites vous hardiment la verité, & au lieu de m'appeller dans vos lettres ma vie, mon ame, mon cœur, & mes yeux que n'vfez vous de ces termes qui expriment le mieux vos reffentimens amoureux? que ne dites vous mes écus, mes piftoles, mes quádrubles, mes bougettes? Mais parce que vous ne connoiffez pas encore bien mes complexions, ie vous apprens que les mignardifes & les carreffes qui me charment le plus, ce font celles qui me couftent le moins? & tant plus on me les donne à bon marché, tant plus me font elles delectables. Toute ce qui me coufte me dégoufte, & ie n'eftime pas que vne demãde puiffe paffer pour vne galanterie, ny qu'on en puiffe compofer vn bon mot pour rire. Ne parlons donc point d'argent non plus que fi

iamais n'en auoit esté , mais faisois l'amour à la
mode des Bergers. Et si vous me voulez desormais escrire d'vn stile qui me soit bien agreable,
laissez là ces Epistres dorees , & ne vous seruez
plus de ces molimens amoureux , sans toute-fois
vser de papier doré.

Sur le mesme suiet de la precedente.

IAis bien que vostre lettre qui contient mille
demandes autant importunes que superfluës,
soit formée d'vn stile fort peu agreable à mes humeurs, si est-ce que i'ay pris vn plaisant diuertissement de sa lecture, car encore que ie n'en sois pas
deuenu plus liberal , au moins m'a t'elle rendu
Philosophe , contemplatif. Ie prends vn extresme
plaisir à m'imaginer la belle diuersité des choses
que vous me demandez , & admire quant &
quant les merueilles du Createur, qui a voulu or-
ner la nature d'vne si admirable varieté. Imitez-
moy ie vous prie , ne les conuoitez plus , contentez vous seulement de l'imagination, sans en vouloir la possession : aussi bien le prix & la valeur
des plus belles choses du monde consiste plus en
l'opinion qu'en la realité. Ces babioles là , dont
vous me parlez , sont en si grand nombre, & ont
des noms si bizarres , que i'aurois trop de peine à
les retenir dans ma memoire : ie n'en auray pas tant
à retenir mon argent dans ma bource.

FIN.

www.ingramcontent.com/pod-product-compliance
Lightning Source LLC
Chambersburg PA
CBHW051526050726
47503CB00014B/1877